龍神
ベヒーモス
ユグドラシル

CHARACTER
ティターン
デミウルゴス
フェニックス

INDEX

嫌われ勇者を演じた俺は、なぜかラスボスに好かれて一緒に生活してます！

KIRAWAREYUSHA WO ENJITA ORE HA NAZEKA RASUBOSS NI SUKARETE ISSYO NI SEIKATSUSHITEMASU!

KIRAWAREYUSHA WO ENJITA ORE HA NAZEKA RASUBOSS NI SUKARETE ISSYO NI SEIKATSUSHITEMASU!

嫌われ勇者を演じた俺は、なぜかラスボスに好かれて一緒に生活してます！　２

らいと

BRAVENOVEL
ブレイブ文庫

アナザー追憶　偽英雄と王女

『ガルド王国』――

500年ほど前に建国され、現代まで繁栄し続けてきた大国である。

左右を勇壮な山脈に挟まれ、長方形の形に街が形成された首都――『ヴォーダン』が存在するほか、『ニブルガルド』、『リーンガルド』、『アースガルド』、『ムースガルド』という四つの広大な領地を有している。

南大陸――『ヴァーラ』のほぼ中央に位置するこの国だが、始まりは小国が管理する城砦都市でしかなかった。

国の分布図が今とは異なる時代、国境に築かれた都市『ガルド』は、『アース』という国を他国からの侵攻より守護する役目を担っていた。

今では逆に、アースはガルド王国の領地となっている。国としての立場は完全に逆転した格好だ。

そうなった原因は、他国からの侵略よりも魔物の侵攻の方が脅威となったことに端を発する。

鉱物資源が潤沢であったアースの国を攻め落とそうと画策していた当時の周辺諸国も、デミウルゴスと魔物という脅威を前に国攻めをしている余裕はなくなり、またそれにともなって逆に国同士が連携を取らざるを得なくなった。各国とも小国程度の規模しかなく、自国の力だけでは魔神に対抗することが難しいと悟ったがゆえの決断だ。各国は小規模な小競り合いの一切を停止させて和睦。

それはアースも例外ではなく、周辺の小国たちと協力してデミウルゴスの侵攻に備えることとなったのである。

そして当時において最も強固な守りを誇っていたのが、城砦都市ガルドである。

アース国は周囲を険しい山に囲まれている。しかし切り立った山脈が連なる一角に、比較的整備された街道が一本だけ走っている。山脈を割ったかのように延びるその街道は、山に囲まれたアース国と外界とを繋ぐ唯一の道である。

ガルドはこの街道を封鎖するように存在していた。

周囲の山々は年間問わず山頂を美しい雪化粧で彩られ、対して剥き出しの岩肌と眼下に広がる森林地帯はここを訪れる者を次々と飲み込んでいく。

『ニビル連峰』

この地に住まう人々からは畏れを込めてそう呼ばれていた。人間はもちろんのこと、時には魔物の命すら奪う死の山。

かつてはアースへ侵攻するためにニビル連峰を攻略しようとした者もいた。だがそのことごとくは失敗に終わり、結局はガルドを攻略せねばアースには辿り着けなかったのである。

しかしガルドは左右を山に挟まれ、背後は自国で虚を突かれることはほとんどない。警戒すべきは正面のみという、まさしく理想的な防衛拠点であった。

しかもガルドではニビル連峰の森林地帯を利用した訓練まで行われ、兵士たちの錬度もかなり高かったとされている。

周囲を天然の要塞に守られ、更には厳しい自然に鍛えられた兵士たちが駐屯するガルドは、まさしくこの当時において最強の防衛ラインたりえたのである。

しかし、そんな防衛の要所を持つアース国でさえ、魔物の脅威は他国と変わらずに存在した。いくら危険なニビル連峰とはいえ、その険しさを乗り越えて攻め入ってくる魔物は存在したのである。むしろ、山の脅威をものともせずにアースを攻めてくる魔物は強力な個体が多く、アースの民たちは魔物から逃れるために、こぞってこの城砦都市への移住を希望したのだ。

更には、その堅牢さを知る他国の民までガルドへと流れてくる始末であった。

しかし軍事の目的で設計された都市内部には住居を作ることがほとんどできず、必然的に都市の周辺に町が形成され、そこに集まった住人たちもガルドを訪れるようになり、商人たちも往来するようになった。また、そんな商人たちを護衛する目的で冒険者たちもターゲットにした防衛都市の周辺はにわかには信じがたいほどの活気に溢れ始めたのである。

ガルドはそんな町や集落を囲むように壁を設計。瞬く間に大都市へとその姿を変えていった。

また、商人による流通も頻繁に行われるといったこともあって経済も発展。人と物が徐々に集まるようになっていく。

そして当時ガルドを統治していた【ジーク・ガルド】が、城砦都市ガルドの周辺にできた町や集落を巻き込みアースからの独立を宣言。都市は国を名乗るに至ったのである。

だが、それに対してアースや各国が黙っているはずはない。少なくとも、元々が自分たちの領地であったガルドが独立して国家を名乗るなどアースが許すはずがない。

そう……許されるはずがなかった。これが平時であれば。

実際は、アースを始めとして、各国が異を唱えることは、できなかったのである。

なぜならこの時、魔物の脅威は常にアースや周辺の国々を蝕んでおり、それに対抗するためにはガルドの兵力や堅牢な守りがどうしても必要不可欠だったのである。

そこに目を付けたガルドは、自身が国を名乗ることを容認させるかわりに、各国へ兵を派遣し魔物を駆逐、更には国の王族たちをガルドで保護することを提案した。

しかしこれによって代表を失った国々はガルドの管理下に置かれることとなり、事実上の領地とならざるをえなかった。

ちなみに、今もガルドを支えている貴族たちは、この時に吸収された各国の王族や要人たちの子孫である。

こうして各国のほとんどを吸収してしまった城砦都市ガルドは、名をガルド王国と改め、大陸で最も力を持った国となったのだ。

⁜

――アレスがデミウルゴスと相打ってから、数日後……。


『ガルド王国』の王都『ヴォーダン』に、魔神が討伐されたという一報が入った。

魔神討伐の知らせを受けた国王、【フリード・ガルド】は、すぐさま騎士団による大規模な調査を実施。報告の真偽を調べさせた。更には下町の冒険者ギルドにも大々的に調査依頼を出し、魔神討伐が事実であるか否か、他にも様々な調査を行わせた。

騎士団が主に魔神討伐の真偽を調べたのに対し、冒険者は国内における魔物たちの動向や生態に変化がないかを重点的に調べていた。

その結果、世界中で広く活発に活動していた魔物たちは明らかに数を減らし、大きく勢力が衰えていることが判明。

デミウルゴスの居城があるとされていたグレイブ荒野も、騎士団とB級以上の冒険者たちでしらみつぶしに調査を行ったが、そこに人類を脅かした魔神の影は欠片も見つけることはできず……

フリード王は、国内に向けて一つの発表を行った。


「――数千年に渡った魔神デミウルゴスによる、人間殺戮がようやくの収束を迎えた」と。


その発表に人々から歓声が沸いた。ようやく世界に平和が訪れたのだと、国民たちは大いに賑わい、城下の町は毎日がお祭り騒ぎ状態となった。

そんな中、魔神討伐という偉業を成し遂げた者たちの名が、市民たちの耳に届く。

【マルティーナ・セイバー】、【ソフィア・アーク】、【トウカ・ムラサメ】

彼女たちは世界を救った英雄として王家から正式に発表され、人々から称賛の声を集めた。

三人は華々しく迎えられ、王都へと凱旋を果たしたのだ。

しかし、魔神を討伐し国に凱旋してきた英雄たちの表情には、誇らしさも笑みもなく、むしろ険しさが滲み出ている様子であった……

それもそのはずであろう。なにせ彼女たちは魔神を討伐などしていないのだから……いや、そもそも戦ってすらいないのである。

一人の男の思惑により最後の戦場から遠ざけられた彼女たち三人は、その胸中に苦いものを含ませながら、居心地悪く首都の大通りを進んでいった。


——ガルド王国王宮内。

シンプルな調度品が必要最低限置かれただけの部屋。実務をこなすためだけに宛がわれた空間ではあるが、ここに並ぶ地味な見た目の調度品たちは、その一つで下町の民が数年は遊んで暮らせるだけの価値があるものばかり。ここはガルド王国第一王女の執務室だ。

そんな、国にとって一、二を争うほどの重要人物のために宛がわれた室内で、一人の少女の怒声が響き渡った。

「——こんなの納得いかないわ！」

室内の調度品たちが、彼女の怒気に当てられたかのようにビリビリと震えた。声の主の名は『マルティーナ・セイバー』。金糸のような美しいプラチナブロンドの長髪に、蒼玉《サファイア》のような瞳をした、『聖騎士』のジョブを持つ少女である。

マルティーナの後ろには他にも二人の少女が控えている。

真ん中で白と黒との二色に分かれた髪が地面すれすれまで伸ばされ、これまた左右で色の違う瞳をした彼女の名は『ソフィア・アーク』。『賢者』のジョブを持つ少女だ。長い前髪で表情はよく見えないが、隙間から覗く紅玉《ルビー》と翠玉《エメラルド》の瞳は険しい。

更にソフィアの隣。そこに立つのは異国の衣装を纏った少女だ。名は、『トウカ・ムラサメ』。『サムライ』というジョブを持つ彼女は、長い髪をポニーテールにまとめて背中に流し、さながら黒曜石のような瞳をしている。他の少女たち同様、その表情は固く険しい。

そしてこの部屋には最後に一人……この部屋の主であり、ガルド王国の第一王女である、【アリーチェ・スフィア・ガルド】が、彼女たちから向けられる厳しい視線を真っ向から受け止めて、執務机に腰掛けていた。

青みがかった銀の長髪に、ピンクダイヤを彷彿とさせる瞳を持った彼女は、凛とした空気をその身に纏わせ、机を挟んだ向こう側で顔を赤くする腐れ縁の幼馴染を見つめ返した。

「貴女が納得できなくとも、既にこれは決まったことなのです……マルティーナ・セイバー」

「決まったことって……何もしてないあたしたちが、魔神討伐の勲章を授与されるなんて、どう考えてもおかしいじゃない！」

「国民には『勇者』ではなく、貴女方が魔神を討ったと既に正式に発表してあります……今更これをくつがえすことはできません」

「それがそもそもおかしいって言ってるの！　魔神を倒したのは勇者だってキチンとあたした

ちは報告したはずよ!?　それでなんで！　あたしたちが魔神を倒したことになってるのよ!?」

「彼の非道は広く世間に知れ渡っています。王家にも彼を勇者として担ぎ上げたことの責任を問う声が上がっているくらいです。そんな彼が、魔神を単独で討伐したなどと、誰が信じるというのですか？」

「っ！　でもその非道だって、全部あたしたちを助けるためで！」

「その事実を国民に公表したところで、彼のために生活を狂わされた者たちは何一つとして納得などしませんし、そもそも話自体を信じることはないでしょう」

「っ！　だいたいあんたたちが！　あいつに変な権利書を渡したりさえしなければ、あたしたちは決して、」

「彼の暴走を止め、孤独にすることもなく、全員が無事に王都へ生還できていたと……貴女はそう言うのですか？」

「っ……」

　氷のように凍てついた視線に射抜かれて、マルティーナは言葉を詰まらせる。そんな彼女をアリーチェ王女は椅子から見つめ、淡々と言葉を紡ぐ。

「たらればの話に意味はありません。勇者は討ち死にし、事の真相を知る者はいない。それに、今回の魔神討伐を貴女方三人が成し遂げたと宣伝して回ることには、国としてのメリットが大きいのです」

「メリット、ですって」

アリーチェの言葉を受けてマルティーナの目に再び険が宿る。彼の功績を他の者が成したことであるという偽りを発表してまで、何を得ようというのか。マルティーナは腹の底がぐつぐつと煮えるような思いを抱きながら、アリーチェを睨み付けた。

「勇者が魔神を討伐した……仮にそう言っても信じる者はほとんどいないでしょう。ですが、それでもそのようにワタクシたちが公表すれば、貴女方は勇者の成した偉業の影に隠れて、その功績は僅かにでも小さくなってしまう。それではダメなのです。特にトウカ様……貴女はそもそもこの国の生まれではない、言ってしまえばよそ者。マルティーナたち以上に勇者の影に隠れてしまうかもしれません。ですが、貴女方だけで魔神を討伐したという触れ込みであれば、その功績は全て貴女方のものであり、国民からの称賛も集まります。その果てに生まれるメリットは、我が国だけはなくカムイ国にとっても重要な意味を持つはずです」

「む……それはどういう意味だ、アリーチェ殿」

マルティーナの後ろからトウカがアリーチェに向けて声を掛ける。アリーチェはマルティーナから視線を外してトウカへと瞳を向けた。

「魔神による長年の侵攻で我が国をはじめとして多くの周辺諸国はそのほとんどが国力を削られているのが現状です。それを回復させるためには莫大な費用と時間が必要……ですが、物資は足りず資金的にも困窮している国がほとんど……ではその不足をどこから補充すると思いますか？」

「……まさか」

アリーチェの言葉に思考を働かせた結果、トウカは眉を寄せて声に緊張感を滲ませた。

「察しがいいですわね、トウカ様。そう、なければあるところから『奪い取って』くればいい……つまりは、略奪戦争の勃発ですわ」

「「っ！」」

マルティーナをはじめ、トウカとソフィアは揃って息をのんだ。

ようやく魔神の脅威から世界を救ったというのに、今度は近隣諸国が脅威になるかもしれないという。国王はデミウルゴスの生存を確認するのと同時に、複数の間者を他国に差し向け、内部を調べさせた。すると、すでに戦争の準備を始めている国もあるという報告が入り、国王をはじめとして国の重鎮たちは揃って頭を抱えることとなった。

「戦争を回避するためには、国として強固な地盤が必要不可欠。更には他国との連携が密に存在していることを諸外国に知らしめていく必要があります。そのためにはトウカ様。貴女が魔神討伐の英雄である必要があるのです」

トウカにはまず、この国の後ろ盾を得て故郷に戻ってもらう。その上でガルド王国とカムイ国の友好的な関係を築き上げてもらい、互いの国はそれぞれに後ろ盾を得た状態となり、他国から攻められる危険性を減らすという狙いがあるのだと、アリーチェは語った。むろんそれでも攻めてくる国はあるかもしれないが、いくらか躊躇はさせることが可能だろう。その間に国を復興させ国力を上げることができれば、敵を迎え撃つことができる。

「国として勇者を擁立してしまったことは、もはや非難を避けられない……しかもそんな最中に他国との戦争などということになれば、王家への不信が高まり最悪この国が分裂してしまう恐れもあります。その結果、内乱が起きないとも限りません。そこを付け込まれてしまえばガルド王国は容易に陥落してしまう……それだけは、絶対に避けなくてはなりません」

「そ、それでも……わたしは真実を公表するべきだと思います」

「ソフィア？」

白と黒の髪、そしてこれまた左右で二色の瞳を持つ少女、ソフィアにマルティーナは振り返る。ずっと後ろに控えているだけだった彼女が、おもむろに口を開いて、呟くように意見を口にした。

人見知りで、自分のこともまともに話すことのできなかった彼女が、王女に向かって反論した……過去のソフィアを知る者、特にアリーチェ王女は、小さく驚いたように目を開く。

「う、嘘を吐けば、それが露見した時、余計に王家は不振を買ってしまいます……そ、それなら、最初から本当のことを話すべき……だと、わたしは思います……そ、それに、アレスさんが、無能者のように扱われてしまうことになるのは、わたしは……いや、です」

彼女にしては珍しく言葉数が多かった。アリーチェはただたどしくも自分の考えを発言するソフィアを見つめ、一区切りつくまで口を挟まず耳を傾けた。

「ソフィア・アーク。貴女がそのようにワタクシへ意見を口にしたのはこれが初めてですね。その成長を、ワタクシは嬉しく思います。ですが……」

アリーチェはソフィアの言葉を受けても表情を変えず、淡々とした口調であった。しかしどことなく、その瞳には非難の色が覗いているようにも見える。

「嘘でもなんでも、利用できるものはなんでも利用しますわ。政治とは……国を導くということは、決して綺麗事だけでは成り立たないものなのですよ、ソフィア・アーク」

「で、でも！」

「話は以上です。マルティーナ・セイバー、ソフィア・アークのお二人には、騎士団長、魔導図書館の司書長として、これから国に貢献していただきます。英雄たる貴女方が国の重要な役職に就けば、国民の士気も高まるでしょう。それで、国の安泰はより確かなものになります。それとトウカ様、ムラサメ家は現在没落してはいますが、魔神討伐という功績と、我が王家との繋がりを持ち帰れば、再興も難しくはないはずです。そのための支援も、王家はお手伝いさせていただきますわ。そして国の要職に貴女が就けば、我が国とカムイ国は貴女を橋渡しとして深く繋がることができる。期待しておりますよ」

アリーチェはソフィアの反論を聞くまでもないと一蹴し、話を締めくくりにかかった。しかしマルティーナはなおも王女に噛み付いた。

「待ちなさい！　そこがまず一番おかしいでしょ!?　何もしてないあたしたちが、重役を預かる栄誉まで受け取るわけにはいかないわ！」

国のために、自分たちが祭り上げられなくてはならないのだと理解はした。しかしながら、それでも何もしていない自分たちが国の重役を任されるのは明らかに行き過ぎでありおかしい。

マルティーナも、ソフィアも、トウカも、何も成してない。ただ無様に、のこのこと帰ってきただけなのだ。

「マルティーナ・セイバー、貴女は騎士団長になるのが夢だったのでしょう。それはソフィア・アーク、貴方も……ならば、どのような形であれ、夢が叶ったことを喜んではどうですか？」

「喜べるわけなんてないでしょ！　これじゃまるで、あたしたちがあいつを踏み台にして地位を得たみたいじゃないのよ‼」

マルティーナがひと際大きな声を上げると、これまで表情をわずかに動かすことのなかったアリーチェの眉がピクリと小さく跳ねた。

「踏み台、ですか……ええ、そうですわ。貴女たちにはアレス・ブレイブを踏み台にしてのし上がってもらいます」

「なっ⁉　そんなことできるわけがないじゃないの！」

「できるかできないかではなく！　貴女方はやらなくてはならないのですよ‼」

「「っ⁉」」

突如、アリーチェが怒気を孕ませた大声を上げた。まるで豹変したかのようにすら見えるアリーチェの感情の発露に、向かい合う三人は思わず押し黙ってしまった。

「そもそも、貴女方が彼に認められるほどの実力と、運命を共にしたいと思わせるだけの絆を築き上げられなかったからこそ！　彼は孤独に戦う道を選んだのではないですか‼」

アリーチェはアレスと最後に会った時のことを思い出す。自分一人が貧乏くじを引く結果に終わる計画を明かし、協力を願ってきた勇者。計画が成功した後、彼は三人の少女の将来を頼むと、深く、深く頭を下げてきた。あの時の彼の姿を、アリーチェは今でも鮮明に思い出すことができる。

「ワタクシは、貴女方が嫌いですわ。たった一人の男に全てを背負わせて、のこのことここへ帰ってきた貴女たちのことが、ワタクシは心底、大嫌いですわ」

瞳の端にうっすらと滴を浮かべるアリーチェ王女の言葉に、この場の誰も反論の言葉を口にできる者はおらず……声を荒立てていたマルティーナも、唇を強く噛んで俯いてしまう。

「ですが……ですがそれ以上に、ワタクシはワタクシ自身のことが、大嫌いですわ」

目の前にいる三人が、己の不甲斐なさで彼を死に追い詰めたのだとすれば、アリーチェは最も直接的にアレスを死に追いやった張本人だと言えた。

アリーチェは勇者の計画に加担し、計画に必要なものを揃えてアレスに与えた。勇者の思いを、意思を酌んで計画に協力したと言えば聞こえはいいかもしれない。しかしその結果として、アレスは一人で最後の戦いに挑み、あげくに散っていった。

魔神に単独で挑めば無事で済むはずがない。それがわかっていながら、アリーチェはアレスを止めなかった……否、アリーチェには止めることができなかったのだ。

数年前……アリーチェはとある事情から己の殻に籠り、塞ぎ込んでいた時期があった。心を暗い檻に閉じ込めて、人生に悲嘆していた時……アリーチェはアレスと出会い、救われた。

故に知っている。彼はどこまでもお人好しで、他者のために全力を尽くせる男なのだと。それでいて、諦めが悪くて頑固な一面があることも、知っていた。

もしもアリーチェが彼の協力要請を断ったとして、きっと結果は変わらず、別の形で今と同じ結末を迎えていたはずだ。それでも、恩ある彼の願いだからと聞き入れてしまったことを、アリーチェは後悔する。今更になって、何が何でも止めればよかったと、同じ考えを幾度も繰り返し、その度に虚しさを覚えるのだ。

「もう帰りなさい。これ以上、貴女たちと話すことはなにもありません。明日は勲章の授与式です。今日はしっかりと休みなさい……【アリア】」

「――はい、アリーチェ様」

「「っ!?」」

突如、何の物音も立てず、マルティーナたちの背後に一人のメイド服姿の女性が現れた。

声に振り向いた三人は驚きの表情を浮かべてメイドをみやった。

黒の髪をアップにまとめ、さながらオニキスのような漆黒の瞳をしたメイドの女性。しかしその表情はまるで彫像のように無機質であり、眉一つ動かなかった。

「アリア、三人をお部屋までご案内してあげなさい」

「かしこまりました」

「っ！　ちょっと待ちなさい！　まだ話は！」

「マルティーナ・セイバー、もう貴女と話すことは何もないと……いえ、そうですね……最後にこれだけは言っておきますわ」

アリーチェはマルティーナたち全員に目配せすると、静かに、しかし力強く言葉を続けた。

「もしも、今回の一件で勇者に対する贖罪の気持ちがあるのであれば、これから先、己に与えられた役目を全力で全うし、自分たちの国を、ひいては世界を守っていきなさい。それが、勇者にその命を救われた貴女方の——責任であり、義務ですわ」

王女から向けられた真っ直ぐな眼差しを受け、マルティーナは唇を噛みしめ、トウカは拳を握り締め、ソフィアは胸の前でぎゅっと手を握りこんだ。

悔しさを滲ませたように俯くマルティーナは固く目を瞑り、溢れそうになる涙を堪える。自分たちがアレスに仲間として信じ切ってもらえなかったからこそ、今回の事態を招く結果となった……アリーチェの言葉は痛いほどに胸の奥へと突き刺さった。それはトウカもソフィアも同じ。自分たちがもっともっと強ければ、アレスにあんな非道をさせずとも済んだのに。どこまでも後悔ばかりが募っていく。

だが、自分たちが下を向いて、俯きながらこれからを生きていくことなど、彼は決して望みはしないだろう。むしろ、そんな生き方は彼の想いに対して失礼だ。

マルティーナは瞳を少し赤くしながらも、アリーチェを見返して口を開いた。

「わかりました。アリーチェ王女殿下……このマルティーナ・セイバー……与えられた騎士団長の任、しかと務めを果たしてみせます」

「それは明日、国王陛下にお伝えする言葉ですが……はぁ……まぁいいですわ。しっかりと励みなさい、マルティーナ……彼のためにも、ね」

「わかってるわよ……ごめん、アリーチェ」

「別にいいですわ。その真っ直ぐさが、貴女の美点でもあるもの。まぁ、欠点になることも多いけれど」

「何よ、それ」

「ほら、もう行きなさい。色々と疲れたでしょ。明日はかなり忙しくなるのだから、今日はゆっくりと休みなさい」

「ええ、世話になるわ」

最後に、マルティーナとアリーチェは砕けた口調で会話を交わし、元勇者パーティーの三人はメイドの案内で各々に王宮内の客室へと案内された。

――翌日。
王宮内の謁見の間で、マルティーナたち三人は国王から魔神討伐を称えられ、勲章の授与がなされた。マルティーナとソフィアはそれぞれに騎士団長、魔導図書館の司書長へと任命され、トウカには多額の報奨金が支払われ、王家から御家再興の支援を受けることとなった。
彼女たちはそれぞれ役目に全力で従事し、また英雄として民からの信頼に応えられるよう振舞った。仮にそれが偽りの虚栄であっても、これが世界のために、自分たちのなすべきことなのだと、心の中で苦汁を飲み続けながら、
彼女たちは、偽物の英雄としての生を……歩んでいった――

？？？　おぼろの夢

夢を見ている。

夢は記憶の整理をするために見るのだと、誰かが言っていたが。

なるほど。確かに今の俺が見ている光景にはどこか覚えがある。

ただ、それはひどくおぼろげで、不明瞭だった。

おかげで、これは俺が本当に体験した出来事なのか、判断しづらい。

ただ、これだけは確実に言える。

俺はこの夢を、決して忘れてはならないのだと。


………………

…………

……


俺は手を伸ばす。

ほとんど、無意識の行動だった……

どこまでも続く無窮の闇の中……少女がポツンと一人、虚空を見つめて座り込んでいる。

俺は、彼女の横顔を見つめていた。

その瞳に光は無く、ただただ悲しい色だけを濃く宿している。

銀の長髪が闇色の大地に広がり、透けるような白い肌が、こんな何もない場所であるにもかかわらず、良く映える。

ここは、彼女の心の中……いや、心そのものだ。

俺は命の潰える一瞬に、彼女の心と繋がった。

まるで底無しの闇の中、一人で座り込む少女の姿は、あまりにも物悲しく、美しかった。

不意に、俺の心臓は高鳴りを覚えて、少女に手を伸ばす。

意識などしていなかった。俺はただただ、彼女の魅力に引き寄せられて動いたに過ぎない。

俺はそっと、彼女の肩に手を置いた。

すると、少女は小さく反応し、こちらに顔を上げる。

しかし、振り向いた彼女の瞳は、まるで宝石の紫水晶《アメジスト》のように無機質で……この空間同様、どこまでも深い闇を宿していた。

一章　巨人へのお仕置き

デミウルゴスと体を重ねて、一夜が明けた。

まだ日が昇り始めたばかりの薄暗い森の中、目が覚める。

昨日、俺は彼女の好意を受け入れ、これから先の人生を彼女と歩む決意を固めたのだが、その後にデミウルゴスに押し倒されてしまい、そのまま……しかし後悔などは微塵もない。彼女を受け入れる覚悟を決めたからだろう。むしろデミウルゴスと愛を交わせたことが、嬉しくてたまらない。

まだ、俺の中には彼女と繋がった時の余韻が残熱のごとく燻っており、それが心を満たしてくれる。視線を少し移動させれば、いまだ俺の腕を枕にして眠るデミウルゴスの寝顔が視界に入り、顔の筋肉が緩む。枕にされた腕が若干痺れてはいるが、それすらも今は心地よい刺激だ。

美しい寝顔の中に、あどけなさも同居させた彼女の魅力に、俺の体は再び反応してしまいそうになる。が、さすがに寝ている相手に襲い掛かろうとは思わない。

昨日はお互いに初めてだというのに、ずいぶんと張り切ってしまった。彼女の体に負担を強いるようなことは控えるべきだろう。

それでも、俺は空いた手で彼女の前髪や、柔らかい頬に触れる。くすぐったそうに身をよじる彼女だったが、ふいに俺の手を捕まえて、嬉しそうに引き寄せてしまった。それだけで、俺の体温はわずかばかり上昇する。

　これ以上はさすがに理性が溶けると判断した俺は、もう一眠りしようと瞼を閉じた。すると、思いのほか昨日の疲労に体が残っていたのか、すぐに俺の意識はまどろみに支配される。

　そのままゆっくりと意識を手放すも、俺は最後まで、デミウルゴスの存在を肌に感じていた。

※

「ん……、ん〜〜っ！」

　空で陽《ひ》がだいぶ高くまで昇った頃に、俺は再び目を覚ました。

　やはり昨日、ティターンと戦った後に、デミウルゴスと逢瀬を過ごしたのが、思いのほか体に堪えているらしい。いつもより、かなり遅い起床だ。

　見れば、隣にいたはずのデミウルゴスの姿もない。そのことに、俺は少しだけ寂しさを覚える。なんというか、これから時間をかけて、デミウルゴスとの関係を深め、好きという感情を覚えていくのだと思っていたのだが……彼女に対して好意の感情を抱くのは、俺の想像よりもずっと早そうな気がする。

　まぁ、それ自体は悪いことではないし、気にし過ぎることでもないだろう。

　さて、森に帰ってきてからまだ体も洗っていないし、昨日は目一杯汗も掻いた。まずは体を洗うことにして、その後で食事にしよう。

　デミウルゴスを探すのは、そのあとでもいい。彼女のいそうな場所なら見当がつく。それに、臭くて汚い状態のまま彼女に会いたくはない……なんて、身だしなみに気を使ってみたりする。

……俺、このままいくと、彼女にどっぷりと溺れるんじゃなかろうか……？

少しだけ怖い未来を想像しつつ、取りあえずはガッツリ体の汚れを落とし、泉の周囲に群生しているホーリーアップルを齧り、空腹と体力を回復させる。脱ぎ散らかした衣服を身に纏って泉を後にし、デミウルゴスを探して歩き始めた。向かうのは白い花畑に囲まれた世界樹の種子がある広場だ。きっと、彼女はそこにいる。

歩き慣れた森の中を進み、目的地へと向かう。はたして、デミウルゴスは俺の予想通り、そこにいた。白い花が絨毯のように広がる広場の中央、小高い丘の上に、目を引く銀の長髪を靡かせた少女が、静かにしゃがみ込んでいる。

彼女の視線の先、そこには光を放つ水晶のようなものが浮いている。あれが、世界樹の種子、この世界の存亡を左右する重要な要であり、最大の希望。

しばらく、俺は種子に優しい笑みを向けるデミウルゴスの姿に目を奪われていた。周囲を囲む白い花畑と、その中心で微笑む美少女という構図に、目を離すことができなくなる。さながら、一枚の絵画を鑑賞しているかのようだ。

しかし、不意にデミウルゴスがこちらに気づき、顔を向けてくる。瞬間、彼女は世界樹に向けていたのとは別種の、頬に朱をさした美しい笑みを浮かべた。すると俺の心臓はハッキリと鼓動を刻みはじめ、血流が速くなる。おかげで、顔が盛大に熱くなって堪らない。

と、そんな俺のもとに、デミウルゴスが小走りに近付いてくる。丘を駆け降り、白い花たちを揺らしながら。

「おはようなのじゃ、旦那様よ」

「ああ、おはよう。デミウルゴス」

「うむ。今日は良い陽気じゃ。心なしか、種子も喜んでおるような気がするのう」

「そっか。それじゃ今日も魔物を狩って、一日でも早く世界樹が立派な大樹に育つよう、マナを集めて来ないとな」

「うむ、よろしく頼むぞ旦那様よ。じゃが、それはともかく……」

デミウルゴスは俺に体を密着させて、紫水晶《アメジスト》のような瞳で見上げてくる。そして俺の首に腕を回しながら爪先立ちになると、

「ちゅ……」

俺の唇に、自分の唇をささやかに押し当ててきた。

「ふふ……改めておはようなのじゃ、旦那様よ。夫婦の朝はキスで始めねばの」

小悪魔のような笑みを見せる彼女に、俺は更に顔を熱を発する。

「これからは一日の始まりに必ずキスをするのじゃ。異論は認めんからな、旦那様。ふふ」

上機嫌な様子のデミウルゴス。

俺は頬をポリポリと掻き、彼女の言葉に気恥ずかしさを覚えつつも、心が満たされるのを実感していた。

※

「そういえばデミウルゴス。あの後、ティターンはどうしてるんだ？」

「……あやつか」

俺が問い掛けると、デミウルゴスは僅かに表情を曇らせ、小さく嘆息した。

ティターン。『神の巨人』の名を持つ魔物で、デミウルゴスによって生み出された世界最強の魔物……『四強魔』の内の一体である。筋骨隆々な肉体に、巌のような顔をした大男の姿をした魔物だが、人間の女性に擬態する能力も有している。

「あやつは、体内のマナをほとんど世界樹に吸収され、完全に弱体化した。今はフェニックスに監視させておる。むろん、動き回れぬように縛り上げておる状態じゃ」

「……そうか」

どうやら、あいつはまだ生きているようだ。

あれだけのことを……世界樹の幹に傷をつけ、その命を危険に晒したあげく、産みの親であるデミウルゴスにまで手を上げようとした。果ては、この世界に残された希望である、世界樹の種子にまで手を出そうとしてきたのだ。

この世界は世界樹からマナの恩恵を与えられて存在している。マナは万物に宿る力であり、生命の根源……デミウルゴスいわく、人間を含めた数多の生命、無機物にすら宿る魂も、全てはマナによって構成されているそうだ。もしも世界樹が枯れてマナが尽きれば、この世界は形を保てなくなり、消滅する……しかし、俺たち人間が発展させた魔法文明が、マナを大量に消費しているせいで世界樹に大きな負荷が掛かってしまった。だからこそデミウルゴスは、世界を滅びから救うために、マナを浪費する人間を絶滅させようとしたのだ。

今の世界樹は、あと1000年以内に枯れてしまう……そう、デミウルゴスは言っていた。それだって大分甘く見積もっての年数だ。実際はそれよりも短いと予想される。

故に、限界に近い世界樹の幹を傷付けたティターンの行いは、とうてい許せるものではない。今の世界樹が枯れたあとは、今の種子が新たな世界樹としての役目を引き継ぐことになる。世界の礎たる種子への手出しなど言語道断。普通であれば、すぐに殺されても文句を言えないほどの凶行。

しかしデミウルゴスは、ティターンに対して非情になりきれていないように見える。予想はしていたが、やはり彼女も自分が生み出した存在には情けの感情があるようだ。ティターンが世界樹を傷付けたと知ったときは、拳から血を滲ませるほどに憤りを覚えていたのに……

「あやつは些かやり過ぎた。衰えた力を取り戻そうと、世界樹に手を出すという凶行に及んでしまった……挙句の果てには種子を取り込んで更に力を得ようと画策し、世界の支配を目論むなど……言語道断じゃ……じゃが」

デミウルゴスが俯いて唇を噛む。

さすがに俺がどれだけ鈍感でも、その先に続く言葉は容易に想像ができる。人間を容赦なく殲滅しようとする無慈悲な魔神としての側面を持ったデミウルゴスだが、彼女は決して感情のない殺戮マシーンではない。俺と同じように、温かい血の通《かよ》った存在だ。それが証拠に、彼女は今、辛そうに表情を歪めている。

「我は……我が思うよりもずっと、身内に甘かったようじゃのう……ティターンは決して許されない行いをした。じゃというのに、厳しく断罪することに我は躊躇しておる…………我ながら、なんとも情けないことよ」

自虐的な笑みを浮かべるデミウルゴス。そんな彼女の手を、俺はおもむろに握る。デミウルゴスは虚を衝かれたかのように顔を上げ、俺を真っ直ぐに見上げてきた。

「だ、旦那様……？」

俺からデミウルゴスに触れることはあまりない。いつもは彼女から俺に触れてくるのがほとんどだ。女性に慣れていない俺は、自分から異性に触れることに多少の抵抗を持っていた。

だが、

「ふふ……旦那様から触れてくるとは珍しいのう。どうしたのじゃ？」

「デミウルゴス……俺としては、お前がティターンに手を下せずに悩んでいることを、嬉しく思う」

「っ……」

俺の言葉に、デミウルゴスは目を見開く。しかし俺は構わず、更に彼女へ語り掛ける。

「俺はさ、物事をただ効率や理屈だけで即座に判断しちまう奴より、感情に振り回されながら葛藤して、苦悩している方が、生き物としてよっぽど正しいって思うよ」

「旦那様……ふふ、ありがとうなのじゃ。我を励ましてくれとるのじゃな。とても、嬉しいぞ」

目元を細めて、微笑を浮かべるデミウルゴス。だが、それは束の間。すぐに彼女は表情を引き締め、雰囲気を変える。

「じゃが、我は創造神じゃ。確かに人間であれば、感情の揺らぎを持っても許されるじゃろう。しかし我は世界というものに向き合うとき、一個の装置でなくてはならんのじゃ。だとすれば、ティターンは消さねばならぬ。あやつは危険じゃ。いつまた世界樹や種子に手を出さぬとも限らぬのだから」

「じゃあ、お前はティターンを殺したいのか？」

「つ……そ、それは……」

俺の物言いに、デミウルゴスは言葉を詰まらせる。

「……無理に背負い込むなよ。今は俺だって側にいる。完全な状態のティターンにだって勝てたんだ。マナを奪われて弱体化したあいつを抑えるくらいなら、造作もない。だからさ、殺さないといけない、なんて無理に考えるなよ。せめてキッツいお仕置きをくれてやって反省させる、くらいでもいいんじゃないか？　そして、今度は世界樹のために全力で動いてもらおう。フェニックスと一緒にな」

「旦那様……」

デミウルゴスは目を丸くして、こちらを見詰めてくる。俺たちの間に、しばし無言の時が流れた。

やべ、少し調子に乗って、妙なことを口走ったか？

もしかして俺、デミウルゴスに呆れられてる？

そもそも、相手は仮にも創造神、つまりは神だ。

そんな相手に、人間である俺がでしゃばりなことを言ってしまったのではと、今更ながら額やら背中から汗が吹き出す。

「………………」

な、なんか言ってほしいなぁ……この沈黙はけっこうキツイぞ。

だが、俺の心配をよそに、デミウルゴスは「ふっ」と息を漏らすような声を出すと、口元を押さえて、

「ふふ……やはり、我が旦那様を選んだことは、間違いではなかった……旦那様、我は……我らが既に夫婦の契りを交わしていたことを、危うく忘れるところであった」

「え？」

「そうじゃな。我はもう、一人ではないのじゃったな。うむ、そもそも我は、もう一人では何もすることができぬ。ならば、我は旦那様、主をもっと頼っても良いのじゃよな？」

真っ直ぐに見詰めてくるデミウルゴスの紫水晶《アメジスト》の瞳。

そこには、先程までの悲観の色はなく、どこか吹っ切れたような、清々しい表情で笑みを浮かべていた。

俺はそんな彼女に、少しだけ意表を突かれながらも、胸を叩いて声を上げる。

「あ、ああ！　俺にできることなら、何でも言ってくれ！」

俺は彼女と共にあると誓った。ならば、この身にできることであれば、どのようなことでも

彼女の力になりたい。俺はデミウルゴスの視線を真っ直ぐに見つめ返した。

しかし、

「……うむ、何でも、となｌ？」

途端、デミウルゴスの声音が変わった。

うん？　あれ？　なんでだろう？

急にデミウルゴスの顔が、妖しい雰囲気を纏い始めたような……

「では、早速その言葉に甘えるとしようかのう」

「お、おう……どんと、こい」

おかしい。

なんだかいやぁな感じが背中を駆け抜けるんだが。

俺、もしかしてやらかした？

「何でも……何でも、か……では」

「ちょ、ちょっと待ってくれ！　何でもとは言っても！　俺にできる範囲だぞ!?　無茶な要求は無しだからな！」

「ふふ……わかっておる。そう無茶なことを言うつもりはない。そのように警戒するでない」

「ほ、本当だろうな……？」

俺は眉を潜めつつ、デミウルゴスの言葉を待つ。

「旦那様よ、先ほど言っておった、ティターンへの仕置き、主に任せようと思う」

デミウルゴスが告げてきた「お願い」の内容を耳にし、俺は思わず目を開いた。

「何でも、どんと、任せてよいのじゃろう？」

そう来たか……だが、うん。そうだな。

「……わかった。任せてくれ」

「ほぉ、すぐに了承するとは。旦那様よ、何か考えがあるのかの？」

「いや、そうたいしたことじゃない。ただ、あいつも相当にプライドが高そうだからな。見下してた人間に痛め付けられるのは、かなりに屈辱的だろ。それだけで十分にキツイお仕置きになるんじゃないかと思ってな」

「なるほどのう。確かにあやつは人間を露骨に見下しておったし、旦那様の言うように、プライドは相当高くなっておることじゃろうな。うむ、ではその辺りを突《つつ》きつつ、多少なりとも心をへし折ってやる程度に痛め付けてくれ」

「なかなかに細かい注文だが、わかった。なんとかしよう」

そもそも相手はこちらを潰しにきていたティターンだ。手加減はするが、それでもそれなりに痛い目を見てもらうことに俺も抵抗はない。というかあいつ、かなり下品な性格してそうだし、これを機に少しでも性格を矯正してやる気で臨まないとな。

「それじゃ、さっそく始めるとするか」

こういうことはさっさと始めてさっさと終わらせるに限る。俺は指を鳴らして準備運動を始めた。

「うむ。全て旦那様に任せる。頼んだぞ、旦那様よ」

「おう」

こうして、ティターンに今回の件に関する罰を与えるという役目を、俺はデミウルゴスから任されることになった。

⁜

一方その頃……

静謐な雰囲気に包まれるエルフの森。アレスたちが生活しているよりも更に奥。森の影とでも言うべき薄暗い空間で、灰色のざんばら髪を無造作に伸ばした一人の女性が、木のツルによって両手を頭上に掲げた状態で拘束されていた。彼女は地面にへたり込み俯いている。

彼女こそ、先ほどアレスたちの話題に上っていた四強魔の一人『ティターン』である。

柘榴石《ガーネット》のような瞳は地面に向けられ、しかしその目には何も映ってはいなかった。

「――敗けた……このオレが、たかが人間ごときに……」

沈んでいた意識が浮上してからこれまで、何度となく呟いた言葉が口を吐く。

つい昨日。

力を求めたティターンは世界樹の種子を奪い取ろうと、アレスとデミウルゴスの前に現れた。シドの町でデミウルゴスの姿を認めたティターンは、彼女から力づくで種子の在処を聞き出そうと襲い掛かった。

しかしそれを、近くにいた人間の男に妨害され、戦う運びとなったのだが……

「何なんだ……何なんだよ、あいつは……っ！」

ティターンは敗れた。完膚なきまでに。

先代の世界樹からマナを奪い、全盛期の力を取り戻したはずのティターン。しかも自分が最も力を発揮できる本来の姿に戻り、あげくゴーレムの大群までけしかけたというのに……その結果は、惨敗。

相手を見下し、油断が招いた結果であることは誰の目に見ても明らかであろう。だがそれを顧みたとしても、アレスの力は人間という枠組みには規格外すぎるほどに強かった。

そも、ティターンは己の知性が宿った千年前から、自分こそが四強魔の中で最強、という思いを持ち、対抗しうるのは生みの親であるデミウルゴスただ一人という認識であった。

事実、過去数千年……ティターンはただの一度だって敗北の経験などなかった。いかに数百、数千、数万の人間に囲まれ挑まれようと、そのことごとくを蹴散らし、返り討ちにしてきた。人間の間で英雄ともてはやされる連中が挑んで来ようと、彼らの刃が届くことなど終ぞなく。他の四強魔が、時には人間によって辛酸を舐めさせられたと風の噂に聞いたティターンは尚も増長。いよいよもって己こそが絶対強者であるという驕りを膨らませていった。

しかし、限界まで肥大化した風船のような驕りは、たった一人の人間によってものの見事に粉砕された。他ならぬ、自分がこれまで取るに足らないと嘲ってきた人間の手によって。羽虫と侮っていた人間に土をつけられたショックは大きく、ティターンは茫然自失に陥っていた。

「無様ね……人間にコテンパンにされた挙句、こうして生き恥を晒してる……四強魔の面汚しだわ」

不意に、頭上から幼い声が聞こえた。

声の出どころへ頭を上げる。エルフの森に生える太い木の枝。そこには真っ赤な髪に虹色の長いもみ上げを下げた少女が、翠玉《エメラルド》を彷彿とさせる翠の瞳を細めて、ティターンを見下ろしていた。

デミウルゴスの命で、ティターンをずっと監視していたフェニックスだ。

しかし彼女が纏う雰囲気はお世辞にも穏やかとは言い難い。むしろ、パチパチと空気が爆ぜるように、少女の周囲で火の粉が舞っている。そしてそれとは反比例するように、彼女の瞳には冷気が宿っていた。

「フェニックス……」

「気安く呼ばないで。この裏切り者……デミウルゴス様の意思に背いて好き勝手した挙句、あまつさえ襲い掛かるなんて……あんた、何様のつもりなのよ」

フェニックスの声に籠る侮蔑と憤り。同じ親から生まれた四強魔であろうとも、いや、同じ親を持つからこそ、幼女の姿をした魔物はティターンを許せなかった。

本来であれば、デミウルゴスの危機に対して真っ先に駆け付けるべき四強魔の一人が、あろうことか主の留守に世界樹を傷つけ、牙を剥いたのである。

フェニックスとしては、今すぐにでも己が紅蓮の炎で焼き尽くしてやりたいと思ったほどだ。

いや、許されるなら今すぐにでもそうしてやりたい。そうしないのはひとえに、敬愛する主が

「待った」の一言を発したからだ。

ティターンは昨日の戦いで負った傷に加え、マナの大半を世界樹の種子に吸われた影響でほぼ無力化されている。たかが木のツルで拘束されているのがその証拠である。

そんなあまりにも情けない姿を同じ四強魔が晒していることもまた、フェニックスを苛立たせた。

木の枝から飛び降りたフェニックスは、ゆっくりとティターンへと近づき、生気のない瞳を覗き込むように見上げる。

「情けない顔……仮にも四強魔の一人がなんて様なの。見ててイライラしてくる」

「……だったらさっさと殺せよ……人間に敗けたオレに価値なんてねぇ……」

「言われなくても、デミウルゴス様に止められてなければ、あんたなんかとっくに殺してるわよ」

翠の瞳がギラリと光り、この場の気温が上昇する。フェニックスは奥歯を噛み、じくじたる思いを抱えながらも、内で燻る殺意を何とか押し込めた。

しかし、次の瞬間にはその幼い顔には似つかわしくない凶悪な笑みを浮かべて、

「でも、安心していいわ。デミウルゴス様があんたを断罪する決断を下したその時は……私が責任をもって――焼き殺してあげるわ」

そんな、物騒なことを口にした。

⁜

オレは目の前で不敵に嗤うフェニックスを見上げる。

だが、どうにも感情がうまく動かねぇ……いつもなら、ここまで言われて黙っているなんてことはない。オレはそこまで、お行儀のいい性格をしちゃいない。

だっていうのに、まるで怒りも湧かず、目の前にいるこいつの言葉も耳を抜けてまともに頭へと入ってこないときてる。それだけ、昨日の敗北がオレの頭ん中で大半を占め、他のことに意識を向ける余裕すらないってこった。

……だが、今のオレは奇妙な感覚も覚えていた。

力に絶対の自信を持っていたにもかかわらず、矮小な人間風情に敗北した。その事実が胸に暗い影を落とすのと同時に……誰かに負かされたということに対し体の一部で微熱が生じているのだ。

何だこれ……？　昨日の戦いで、体に不調でも出たのか？　オレは内心で首を傾げる。

反論してこないオレを見て、フェニックスはつまらなそうに「ふん」と鼻を鳴らすと、踵を返してオレに背を向ける。

それを目の当たりにして、生じた熱は鳴りを潜め、代わりにろくでもない考えが脳裏に浮かぶ。いっそ自害でもしてしまった方が、この陰鬱とした感情からオサラバできるんじゃないか。

そんな思考すらよぎった時、

「――ティターン」

フェニックスが立ち去るよりも前に、オレの前へ一人の男が姿を見せた。途端、先程の微熱など比較にならないほど頭が一気に熱くなった。

「～～～っ！　……てめぇ……人間！」

こいつこそが、オレに汚らしい土をつけた張本人。先ほどまで沈んでいた感情も、こいつの登場でグツグツと煮えるような熱に変じて、心臓が焼けて焦げ付きそうなほどだ。

オレは奥歯をギリギリと砕かんばかりに噛みしめ、相手を睨みつけた。

「うん？　ああ、アレスか。何しに来たのよ？」

「ちょっとばかし、こいつに用があってな」

フェニックスからの問いかけにそう返し、人間の男はオレに視線を向けてきた。

「っ！　なんなんだ！　なんなんだよてめぇは!?」

力の入らない体に鞭打って、拘束を破ろうと暴れる。だが腕に絡みつくツルが切れることはなく、それが更にオレの怒りを倍増させた。

「見下ろすな……そうやってオレを上から見下ろしてくるんじゃねぇよ！　人間風情が!!」

唯一まともに動く口から、こいつに対する恨み言や罵倒が溢れて止まらない。しかし目の前の男は、「ふぅ」と呆れたように目を伏せて首を横に振った。

「お前への罰が決まった」

言うと男はオレの腕を拘束していたツルを木から切り離した。それでもオレの両手はまるで枷が嵌められたようにツルが残っている。拘束という支えがなくなったことで、体がぐらりと前に傾いてしまう。

それを、目の前の男が受け止め、かと思った次の瞬間、

「なっ!?」

なんと、こいつはオレを軽々と持ち上げて、あろうことか肩に担ぎやがった。

まるで狩った獲物を運ぶような恰好。予想される自分の無様な姿を想像して、オレは思わず顔に熱を覚えた。

「下ろせ人間！　ぶち殺されてぇのか!?」

ガッチリとこちらの腰を押さえつけて、オレをどこかへ運ぶ人間の男。あまりにも屈辱的な格好に、暴れて抵抗を試みるも、力の入らない体ではまるで意味をなさず。

羞恥と屈辱と怒りがないまぜになり、オレの内で暴れまわる。

「アレス。デミウルゴス様はなんて？　もし殺してもいいなら、私が」

「生憎とそこまで血生臭くない。仕置きを受けさせた上で反省させる、それがあいつの決定だ」

「そう……こんな奴でも、デミウルゴス様は見限れないのね。優しすぎるわ、あの方は……」

オレが暴れるのも構わず、そんな会話を目の前でしてみせる人間とフェニックス。

仕置き？　反省だ？　このオレを、ティターンを調教しようってのか。

ふざけやがって！

殺す……この人間も姉御もフェニックスも、絶対に殺す！　奪われた力は種子から取り戻せばいい。その上で、惨たらしい目に遭わせて殺してやる！

胸で暗い炎を燃やし、オレは男の後頭部を睨み続けた。

※

「戻った」

「うむ。おかえりじゃ旦那様。それとティターンの監視、ご苦労であったな。フェニックスよ」

ティターンを担いだまま、デミウルゴスのもとに戻った俺とフェニックス。

出迎えと労いの言葉を受けて、フェニックスは感激したような声を上げてデミウルゴスの前に駆けていった。

「とんでもありませんデミウルゴス様！　私はデミウルゴス様のご命令であれば、どのようなことでもこなしてみせます！」

「ふふ……頼もしいな、フェニックス」

主への厚い忠義を見せるフェニックスに、デミウルゴスは手を伸ばしてその頭を撫でる。

フェニックスは頬を朱に染めて瞳を潤ませ、締りなく緩み切った笑みを見せた。

「はぁ～……デミウルゴス様～……」

フェニックスの髪を優しく撫でながら、デミウルゴスは俺に顔を向け、ついで俺の肩に担がれたティターンに視線を移動させた。

「ティターン……これよりお前は我が旦那様から仕置きを受けてもらう。その身が行った非道を悔い改めよ」

どこか悲し気に、しかし言葉に力強さを宿して、デミウルゴスはティターンに語りかけた。

しかし当のティターンは、

「改める？　はっ！　オレは自分より弱い奴の言葉に従う気なんかねぇよ！　それがたとえ姉御でもな！」

「ティターン！　あんた、デミウルゴス様の気遣いになんてこと！」

「よい。我の力が衰えたのは確かなこと。力を尊ぶお前たち四強魔が、弱者の言葉に従わねばならぬ屈辱は理解もできる」

デミウルゴスはフェニックスの言葉を遮り、なおも悲しそうな目でティターンを見つめる。

「じゃが……このような身なれども、我はお前たちの主……やったことの責任は取らせねばならぬ。旦那様……」

「ああ。それじゃ、さっそく始めるとしようか」

彼女からの視線を受け止めて、俺は手ごろな位置に転がっていた朽ち木の丸太に腰掛け、膝の上にティターンをうつぶせで寝かせた。

「っ……人間、てめぇ俺に一体何を」

「昔。俺が育った施設で、やんちゃしたり悪さをすると、シスターは決まってこれをやりながら叱り付けてきたもんだ。しかも、他のみんながいる前でだぜ？」

「あん？　てめぇ何わけのわからねぇことを」

ティターンが訝しむような眼でこちらを見上げてくる。しかし俺は彼女に最後まで言わせることなく、ティターンの衣服、そのお尻を隠す布に手を伸ばした。

「は⁉　てめぇ！　どこを触ってやがる！」

ティターンからの文句も無視して、彼女の臀部を外気に晒す。人間社会に紛れ込んで生きてきたためか、ティターンにはそれなりに今の格好が屈辱的なものであるという知識があるようだ。顔が真っ赤になっている。

「そんじゃ、悪いことをしたお前にまずは一発――ふん！」

パシーン！

「っ～～！」

言うが早いか。俺はティターンの褐色の尻に向けて腕を振りかぶり、平手打ちした。

「うわぁ……」

「うむ。なかなかによい音が響いたのう」

思わず尻を押さえるフェニックスに、興味深そうな視線を送ってくるデミウルゴス。二人からの視線を受け止めながら、俺はティターンに口を開いた。

「こいつが、俺の育った施設で行われていた代表的なお仕置き――『お尻ペンペン』だ」

安直なネーミングの罰と侮るなかれ。こいつは時に罪人の拷問や懲罰にも使われるお仕置きである。やり方は色々だが、今回俺が行うのはオーソドックスな平手打ちだ。

「取りあえず十発、今ので残り九発だ。それで反省するなら、仕置きはそれで終わり」

「はん！　これが仕置きだ⁉　こんなんでオレがどうにかできるとでも」

「二発目」パシーン！「いっ！」

挑発的なティターン。それを黙らせるように次なるスパンキングを行う。森に響く打撃音。ティターンは小さな悲鳴を上げて体を硬直させて、涙を浮かべる瞳で俺を睨んできた。

「てめぇ、この」

「三発目」パシーン！「んぎっ！」

「四発目」パシーン！「んン〜っ！」
五、六、七、八、九、一〇……
パシーン！　パシーン！　パシーン！　パシーン！　パシーン!!

小気味いい音が平手打ちのたびに響き、それと同時にティターンの口からも声が漏れる。褐色肌であるためわかり辛いが、ティターンのお尻がうっすらと赤くなっているのが見てとれる。

「一〇発……どうだ？　自分のしたことを反省する気になっ」

「舐めんな！　たかがこれしきのことで四強魔であるオレが屈するわけな、」

「なら続行だ。次は倍の二〇発。お前が心の底から『ごめんなさい』と言うまで続けるからな」

「っ！　……上等じゃねぇか。オレはぜってぇ頭なんざ下げねぇ。てめぇのやわな手が先に悲鳴を上げるのが先」

「ほれ」

バシーン！

「づ〜〜〜〜っ！」

マナで強化された肉体ならまだしも、今の脆弱な体では俺のスパンキングでもそれなりの痛みを与えられる。とはいえ相手は四強魔……世界最強の魔物であり、人間からは『幻獣』の名で恐れられた存在だ。いかに守りが薄くなろうと並みの人間では本当に腕を骨折しかねない。

しかし俺には常時肉体を強化する術《すべ》がある。オレはティターンが反省の色を見せるまでお仕置きを続けることを腹に決めて、再度腕を振り上げた。

バシーン！

「ひんっ！」

尻を叩かれる度にティターンの体が跳ね上がる。

「これは長丁場になりそうじゃ。しかし、あのお尻ペンペン、なかなかに痛そうじゃのう」

「自業自得ですよ。殺されないだけましです……まぁ、私ならあんな恥ずかしい恰好をさせられたら死にたくなりますけど」

「うむ。なんとなく、我でもあの姿が屈辱的じゃとは思うのう」

デミウルゴスとフェニックスがこちらを見つめてくる中、俺は第二ラウンドを締め括る一発をティターンに見舞った。

「——これで、二〇発」

バシーン!!

「ひぎ〜〜！」

全二〇発を終えて、俺は手首を振った。

荒い呼吸を繰り返すティターン。体からは汗が噴き出て、褐色の肌を濡らしている。彼女の尻は痛々しく真っ赤に腫れていた。

「ティターン。いい加減に反省」

「するか！　この程度で、オレは絶対に屈しない！」

「なら追加だ。今度は四〇発」

「っ!?」

一瞬、ティターンの顔が引きつったのを俺は見逃さなかった。いくら尻を叩いているだけとはいえ俺は本気でスパンキングを行っている。

「お前が反省の態度を見せない限り、数を倍々に増やしていく。覚悟しろよ」

これが終われば計七〇発尻を叩かれたことになる。人間相手であればすでに懲罰の一歩手前。次に数が倍になって八〇発に増えれば、計一五〇発……もはや拷問の領域だ。できればそこに行き着く前に終わってほしいところだが、相手はかなり強情な様子。お仕置きは根競べの様相を呈し始めた。どちらが折れるのが先か。

デミウルゴスとフェニックスが状況を見守る中、状況は第三ラウンドへと突入した。

⁜

バシーン！

「うぎっ!?」

ティターンの尻をアレスが引っ叩く。これでちょうど一〇〇発目。すでに第三ラウンドは過ぎて、第四ラウンド。ティターンの尻は発熱しているかのごとく赤く腫れ上がり、感覚が鋭敏になっていた。

バシーン！

「い〜〜っ！」

敵の攻撃をここまでまともに受けたことなんてなかった。仮に受けたとしても、ティターンの肉体は鋼の強度を超えている。万全であればこの程度の平手打ちなどものともしない。

そもそも相手にまともな一撃を撃たせる前にティターンは全ての勝負に決着をつけてきた。故に、これまで彼女は痛みというものをまともに知ることもないまま生きてきたのだ。

まさかそれが仇となるとは。痛みに対する耐性がまるでないティターンは、「お尻ペンペン」などというふざけたネーミングの仕置きに歯を食いしばって耐えている。

しかも尻を突き出した格好を強要されているこの状況は激しい羞恥心さえも与えてきた。なまじ人間と比べて頑丈であるだけに、普通であれば激しく内出血を起こしていてもおかしくないほどの仕打ちにも体が耐えてしまう。

しかもデミウルゴスとフェニックスに見られながら、という更なる羞恥責めまでセットである。人間に組み伏せられているという屈辱も相まって、ティターンは顔から火が出そうだった。

……しかしどういうことだろうか？

自分を押さえつけているアレスの腕に、これまでは忌々しさしか感じていなかったというのに、不意に彼女はそこに力強さを感じるような一瞬があった。デミウルゴスたちが自分を見つめてくる視線にも、体の奥で小さく震えるような、ゾクゾクとした感覚を覚え始める。

するると、あろうことかアレスが平手打ちを繰り返すたびに、ティターンは響く衝撃で下腹部を疼かせ始めたのである。

バシーン！

「ひゃう！」

なんで……こんな屈辱的な状況だってのに……痛みが……心地いい？

ティターンは己の体に生じた変化に驚愕を覚える。それはあるいは、痛みから逃れるために彼女が分泌した脳内物質によるものだったのかもしれない。

ティターンはプライドを砕かれ、獣のような恰好で無様を晒す。

バシーン！

「ひんっ！」

自分に勝った相手が己を組み伏せ、一方的にこちらを蹂躙してくる。その事実に悔しさを覚えると同時に、体に妙な熱が蓄積していく。つい先ほども、これと似た熱が体に生じた。しかし今度は微熱などではない。臀部から伝わるものでもなく、もっと体の奥から溢れ出てくる激しい灼熱だ。それを外に向けて放出するように、呼吸は更に荒れて息が熱くなっている。

バシーン!!

「ン～～ッ！」

第四ラウンド最後の一発……一五〇発目がティターンの尻を激しく打った。

しばらくぶりに訪れる静寂。それを受けてティターンは、え？　終わり？　と、妙な『寂しさ』を感じてしまい……

「どうだ？　さすがにそろそろお前でもキツイだろ？　いい加減謝罪したらどうだ？」

「はぁ、はぁ、はぁ…………………わ……」

「うん？」

荒い呼吸を繰り返しながら、ティターンがおもむろにアレスへと振り返り、濡れた瞳でアレスを見上げながら、

「わる、かった……謝る……悪かった……」

「「「!?」」」

遂に。ティターンは謝罪を口にしたのだ。

途端、アレスを始めとして一同全員が目を見開く。あれだけ傲慢な態度を崩さず、謝罪を拒んでいたティターンが、瞳に涙を滲ませて謝罪の言葉を告げた。

アレスとしては、第三ラウンドを超えた時点でかなりの長丁場を覚悟していただけに、こうもあっさりとティターンが反省の態度を見せたことに目を丸くした。

しかし、それ以上の衝撃的な発言がティターンから飛び出すとは、この時の彼にはまるで想像もできていなかった……

「……姉御にも、お前にも、ついでにフェニックスも、迷惑をかけて、本当に悪かった……」

「ティターン……そうか……ようやく己の過ちを認める気になったのじゃな。うむ。確かに手を焼かされる思いはしたが、お前が反省したのであれば、それでよい。代わりに、これからは我らと共に新しい可能性を育てていこうぞ」

ティターンの謝罪にデミウルゴスが優しい声音でそう口にする。フェニックスは不満気な様子だが、デミウルゴスの手前露骨に顔を顰めるのを堪えている様子だ。

「ああ。本当に悪かった……謝る、謝るから……だから」

「もうよい、ティターン。お前の謝罪はしっかりと受け止めた」

デミウルゴスが諭すように柔らかい口調でティターンに語り掛ける。

が、何故かティターンはデミウルゴスではなくアレスに目を向けて、

「この通り、ちゃんと謝る……だから……だから……」

「お、おいティターン？」

さすがに異常を感じ取ったアレス。ティターンの頬は熱を帯びて紅潮し、その瞳はとろけて妖しい光を宿す。漏れる吐息は淫靡な熱が宿っていた。

やりすぎたか？　と慌てて回復魔法をかけようとした刹那、ティターンの口が再度開かれて、

「ちゃんと謝る。だから……だからもっと……もっとオレを…………『虐めて』くれ!!」

などというとんでもないことを口にして、散々痛めつけられた尻を、くいっと持ち上げて見せつけてきたのだ。

「「…………」」

しばらくの静寂。しかし次の瞬間、

「「「はぁ〜〜〜〜っ!?」」」

エルフの森に三人の声が響き渡り、空に向かって木霊するのであった——

二章　龍と獣王

ティターンの衝撃発言を受けたあの日から、そろそろ一週間が過ぎようとしていた。その間は実に濃密な時間であったと自信をもって言える。

まず、ティターンがやたらと俺に絡んでくるようになった。しかも俺の呼び方は「てめぇ」「人間」から一気に「ご主人様」へとランクアップ……訳がわからん。

お前の主人はデミウルゴスだろうに。なぜ俺をご主人様などと呼ぶのか。

しかしそのことにデミウルゴスがあまりいい顔をしないのと、俺自身がうっとうしいと思う感情もあり、素っ気なく遠ざけようとするのだが、その度に妙に悶えた表情を見せてくるだけで全く改善が見られない。そればかりか素っ気無い態度を取るたびにティターンはより俺に対して絡んでくるようになる始末だったりする。意味不明すぎて頭を抱えたい気分だ。

まぁそれはそれとして。今回の一件でティターンも世界樹の種子育成に参加することが正式に決定した。

正直、世界樹の種子を取り込もうと企んでいたティターンが、素直に協力してくれるかはかなり疑問だったのだが。ふたを開けてみれば思いのほかすんなりとティターンは俺たちの指示に従い、毎日魔物を狩って世界樹にマナを供給している。

人手が増えたことで以前と比べても回収できるアニマクリスタルの量は確実に増加した。

しかしティターンはその性格ゆえか、白兵戦を非常に好む。おかげでスライムを相手にしてきたときの彼女は粘液塗《ねんえきまみ》れのうえに服がほとんどボロボロになって帰ってくることしばしば。目のやり場に困る事態となっていた。どうやらティターンが着ている衣服も、デミウルゴスが作った服と同じようにマナで構成されているようだ。スライムはマナを主食とする魔物だ。マナで編まれた服など格好の餌食である。デミウルゴスとは違って引き締まった手足に抜群のスタイルを誇るティターン。正直に言ってあの肌色は目の毒である。

ちなみに、アニマクリスタルとは魔物の魂が結晶化したものだ。しかし基本的に魔物の魂は結晶化することはない。生命活動を停止した魔物の魂は純粋なマナとなって大地に還るだけ。

ただし、デミウルゴスと四強魔だけは、その魂を鉱物のような結晶体に変化させることができる。そしてこの俺も、デミウルゴスと命を共有した結果、彼女たちと同様に魔物の魂をアニマクリスタルとして結晶化させることができるようになった。結晶化したアニマは世界樹に吸収させてその成長を促すことができる。世界樹が順調に育ってくれれば、世界へ放出されるマナの量も増えていくだろう。

更には育った大樹が新しい種子を生み、それが育ってまた種子をつける……それを繰り返すことで、大樹の数を増やし、世界を安定に導く……それがデミウルゴスと俺たちの計画――『世界樹大増産計画』である。

現在、俺たちが日々回収しているマナは質が劣る物なのだが、それでも世界樹は確実に成長している。そうデミウルゴスも言っていた。この調子でマナを与え続ければ、遠からず種子から芽が出るだろう、とのことだ。

ティターンが先代の世界樹から強奪したマナも、今代の世界樹に受け継がれ、より成長が促進されたそうだ。今では以前と比べて、明らかに種子から放出されるマナの量が増えており、ほんのりと光る程度だった種子の輝きは日増しに強くなっている。最近では発光自体がまるで脈打つように明滅し、ドクドクと鼓動を刻んでいるかのようだ。

以前は見られなかった種子の変化に、俺たちは確かな手応えを感じていた。

当然、俺とデミウルゴスの間にも笑みが生まれる。

種子の成長。それはすなわち、世界の救済に着実に近づいているということなのだから。

なのだが、ティターンの参加にフェニックスはあまりいい顔をしていない。やはりどうしても主人《デミウルゴス》に歯向かったティターンのことは受け入れ難いようで、常に距離を取って行動している。仲の良さを見せるのはもっぱらデミウルゴスの前だけだ。

そうでなければ、フェニックスは基本的にティターンを無視していることがほとんどである。

しかしティターンはそんなフェニックスのつれない態度に対し、妙に体を震わせて、頬を紅潮させているのをよく目撃する。

正直かなり気持ち悪かったと言わざるを得ない光景だった。息を荒くし、開いた口の端からよだれを垂らすのである。見なければよかったと後悔したのは言うまでもない。

しかも日課である狩りの後、あいつは俺に妙な要求をしてくるようになった。その内容は決まって——「オレを苛めろ！　容赦なく！　そうしたら、また狩りでも何でもするから！　いや、いっそオレの体に辱《はずかし》めをくれてもいいぞ！」……などというとんでもないものだった。

そんな発言を毎日のように、それこそ頬を染めて瞳に妖しい光を宿しながらぶちかましてくる始末。本当に勘弁してくれ……

とまぁ、俺が過ごした一週間は大体こんな感じだ。

日中はほとんどティターンの相手をしていたような気がする。

しかしそんな騒がしい日常の中……俺は一つだけ気掛かりなことがあった。

何故だか最近、デミウルゴスが以前ほど俺にベタベタとくっついてくることがなくなったのだ。初めての夜以来、彼女と肌を重ねてもいない。

彼女の肌の柔らかさ、温もり、乱れる呼吸など、生々しい姿を目にしただけに、近くにいるとどうしても意識してしまう。

ただ、こちらから誘ってがっついていると思われたりしないかと不安になり、日々の性欲は自分で鎮めている状態だ。

それでも、夜になれば隣で眠る彼女に思わず手を伸ばしてしまいそうになり、それを堪える毎日であった。おかげで、最近は少し寝不足気味だったりする……

まぁ俺の葛藤はさておき。最近のデミウルゴスは一体どうしたというのだろうか？

肌を重ねる前は、食事を口移しで食べさせてみようとしたり、体を洗おうとすれば俺の意思などお構いなしに奉仕をさせろと迫ってきたりと、ことあるごとに俺に体をすり寄せてきて甘えてきたというのに……

ただ、別によそよそしくなった、というほどではない。

毎朝キスを求めてくるし、極力俺の近くにいようとはしてくるのだ。

とはいえ、以前はほぼゼロ距離で密着、というのがデミウルゴスからの距離感であった。それが人並みの距離感を取り始めた。常識的な人との距離感を学んでくれたのだとすれば、それはそれで喜ばしいことだと思うのだが、今は俺の方がもっと彼女の近くにいたいという思いが膨らんでいるため、少し不安を覚えてしまう。

何だ？　一体何が彼女にあったというのだ？

考えられる可能性としては、ティターンと俺が最近は妙に（傍《はた》からは）親密に見えることもあり、隠れて嫉妬している、とか？

いや、以前は俺が町で商業ギルドの受付嬢から手を握られただけで嫉妬の感情を爆発させていたデミウルゴスだ。ティターンとのことを嫉妬しているなら、もっと過激に干渉してきそうな気がする。

となると、もうひとつの可能性は……俺との初体験が、思いのほか苦痛を伴うもので、体を求められることを恐れて、俺から距離を取っている？

……これはあまり考えたくなかったが、可能性としてはありえそうだ。

そもそも男性は初体験でほとんど痛みなどない。しかし女性にはかなりの負担を強いる行為なのだ。だが知識としてはあってもそれを明確に想像などできるはずもなく……

一度ネガティブな思考に陥ると、デミウルゴスは俺を気遣って苦痛を我慢していたのでは？

という想像が嫌でも膨らむ。

そもそも俺は、先日までセックスの素人……つまりは童貞だったのだ。きちんと相手を気遣えていたかと言えば、かなり疑わしい。初体験の後半など、欲望に突き動かされるように行為に没頭していた気がするし、苦しいのを我慢させていたのかも……それに、その後のケアだって、俺はできていたか？ いや、ほとんど何もしてない。全然、気遣いなどできていなかった気がする。

だとすると、デミウルゴスが極端に俺に迫ってこなくなったのって…………

「俺が、下手くそで、体を求められたら困るから……」

うぅぁぁ〜〜〜〜〜〜〜……っ！

自分で口にしておいて、かなり堪える。

やばい。もし実際にそうなのだとしたら、かなり凹む。

というかそれ以前に、女性に我慢を強いていたとか、俺は鬼畜じゃないか！

ど、どうする？

つい一週間ほど前、俺はデミウルゴスの全てを受け入れる、とか豪語したというのに、このままでは関係が気まずくなってしまうのではないか!?

「こ、これは、早急になんとかせねば……」

そのために、まずしなくてはいけないのは、何だ？

決まっている。今からでもデミウルゴスに対して、俺が気遣いのできる男であることをアピールしていくしかない。

俺は誰かと関係を持ったことなどない。こと恋愛に関してはずぶの素人。悲しいことだが、無意識に女性への気遣いができるほど立派な男じゃない。ゆえに、意識して相手を労わる心を持つようにしなければ。

デミウルゴスは日々、世界樹の種子を気にかけ、精神的な疲労だってあるはず。なら、そこを俺は徹底的に慰め、労ってやらねばならない。

そして、デミウルゴスから改めて『できる男』として認められたその時に、また、あの夜のような……デミウルゴスとの蜜月に再度挑戦するのだ。

今度は、お互いに身も心も満たされるように、最大限の努力を惜しまない。お互いが満足できる夜にする！

「そうと決まれば、さっそく行動あるのみ！」

俺は種子の様子を見に行っているデミウルゴスのもとへ急ぐのであった。

⁜

ティターンの様子が、目に見えて変わってしまった。その、なんというか……異常、の一言に尽きる姿なのじゃ。

しかも旦那様を、いきなり「ご主人様」と呼び……「もっと苛めてくれ！」などと、わけのわからぬことを抜かし始める始末。

正直、ティターンが素直に謝罪をしたことよりも、こちらの方が我にとってはよほど衝撃的な出来事じゃった。

いや、まこと……なぜこうなってしまったのか……さしもの我も、あやつの奇行についてくことはできなんだ。

しかし、時間はあっという間に流れ、あれから一週間ほどが過ぎた。

奇天烈な言動を繰り返すティターンではあるが、旦那様たちと共にアニマクリスタルを集める一員として、今ではしっかりと活動してくれておる。

よほど今回のお仕置きが効いていると見える……色々な意味での。

しかし、それはそれとして……今度は旦那様の様子がおかしくなった。最近になって、旦那様は妙に気合を入れて我のことを気遣ってくるようになったのじゃ……しかし、何故じゃ？

いや、その行為自体は我も非常に嬉しい。嬉しいのじゃが……その、今は困る。

なぜかと言えば、今の我は気を緩めると、どうしようもなく旦那様の温もりが欲しくなって仕方なくなっておるからじゃ。旦那様と結ばれたあの日から、我はずっと……とんでもなく、旦那様に甘えたい欲求に襲われ、隙あらば押し倒してしまいたい衝動に駆られてしまう。

旦那様の顔を見れば、すぐにでも飛びつき、キスの雨を降らせ、思いっきり抱きつきたい！

食事も我が口移しで食べさせるだけではなく、旦那様からも食べさせてもらいたい！

お互いに肌を晒しあって泉で体の洗いっこをしたい！

それに、それに！　夜は旦那様に包まれて、朝まで抱擁を解かないでほしい！

旦那様に触れたい！　旦那様からも、もっと我に触れてほしい！

我はもっともっと、旦那様と甘く蕩けるような蜜月を過ごしたいのじゃ！

全力で旦那様に全てを委ねたいのじゃ！　甘え尽くしたいのじゃ!!

…………じゃが、それはできん。この欲望を全て開放し、旦那様にすがるなど、いくらなんでもはしたないというものじゃろう。

旦那様に我のことをアピールしようとしていた時とは大きく違い、今の我はこのままいくと、あの者に深くおぼれた末に、依存してしまう存在になってしまいそうじゃ。

せっかく旦那様が我のことを受け入れてくれたというのに、あまりにもべたべたと甘えすぎ過ぎた挙句、自制の利かぬ女と思われて嫌われたのでは元も子もない。じゃから、我は旦那様に極力触れてしまわぬように気をつけ、接点はキスのみにとどめておる。それだって、かなりギリギリなのじゃ。

このままでは、ただ体を求め合うだけの、爛れた関係になってしまう。それはさすがに我としてどうかと自然と歯止めがかかる。これからはもっと、自分の性欲をコントロールし、良き妻として振る舞えるように励まねばならんと、自分を律する。

じゃが……じゃが！

ものすごく！　ものすっごく！　我は今すぐにでも！

旦那様に甘えたいのじゃ……甘えたいのじゃ～～～～っ!!

心の内なる叫びを外に漏らすことなく、我は腹の底に力を入れて、平静を装うのじゃった。

⁜

「さ〜て。面倒だが今日も魔物狩りに行くとすっか」

世界樹の種子がある森から出たオレは、指をコキコキと鳴らして、眼前に広がる草原へと目を向けた。

ご主人様……もとい、アレスに打ち負かされてから二週間以上。オレは毎日の日課として魔物を狩り、アニマクリスタルを集めていた。

人間の雌に擬態している状態だと、獲物を探すにもちまちまと移動しなきゃいけないのが面倒だが、マナの消費を抑えて活動するにはこの姿でいるほうが都合がいい。本来の姿に戻ると、急激にマナを消費して疲労感を覚えるのだ。

しかしこの擬態、何故かは知らんが精神もその姿に引っ張られる。オレの本来の姿は男性体だ……だが今オレは自身のことを、しっかり女と認識している。これはオレだけに言えることじゃなく、他の四強魔であるフェニックスにも当て嵌まる。あいつの場合は、人間のガキと同じように、精神が若干だが幼くなるようだ。フェニックスは姉御に対して妙に依存心が強く、オレが人間社会で目にしてきた、親に甘えるガキそのままである。

そしてオレ自身、最近になって自分の女としての部分を強く意識する機会があった。

そう。ご主人様との戦いにオレは敗れ、捕まり、最後には全てを蹂躙されたあの時から、俺の中に強いオスに征服されたい、という欲求が生まれてしまったのだ。

最初はあまりの屈辱に自害さえも考えたが、時間が経つごとに、虐げられることに深い愉悦を覚えるようになってしまい、いやがうえにも自分の女を意識させられてしまう。

時折、オレが以前のように強気に出て、姉御にちょっかいをかけようものなら、容赦なく脳天に拳を落とされる。それがまた心地好くて、つい何度も繰り返してしまう。それだけではなく、最近ではそっけない態度で無視されたりするだけでも下半身は濡れ、全身が喜びに震えてしまうくらいだ。オレの中にある巨人としてのプライドを踏みにじられているというのに、興奮を覚えて止まらない。オレはもう、全く自分が制御できずにいた。

そんなわけで、オレは狩りから帰ってきたら、お仕置き《ごほうび》をくれるよう、オレはご主人様に頼み込んだ。そのせいで、ご主人様に滅茶苦茶イヤそうな顔をされたりもするのだが、そんな蔑んだ表情で見つめられることもまた、オレの体に快感を走らせる。ああ、さすがはご主人様。オレが喜ぶポイントをよく押さえているじゃねぇか。くそっ、そんなゴミを見るような目を向けられたら、また濡れちまうだろうがよ。

今だから思うことだが、オレの中には自分より強い者に屈服させられたい欲求が元からあったのかもしれない。

姉御が自分よりも弱くなったと知ったとき、オレは心のどこかで落胆していたのだ。姉御ほど、自分にとって絶対的強者は存在しなかったからな。つまりは、そういうことなんだろう。

「まぁ、今となってはその代わりがちゃんといるから問題ねぇんだけどな」

アレス・ブレイブ……オレのご主人様。

オレがこんなめんどくさい魔物狩りなんて作業を毎日こなしているのは、ご主人様からのご褒美があるからに他ならない。

「くく……今日の狩りが終わったら、その時は……」

オレは狩りの後のご褒美に思いを馳せる。今日はどんな風にゾクゾクさせてくれるのだろうか。下腹部が疼いて仕方ねぇぜ。オレの中の期待がどんどん膨らんでいく。

「ああ、ご主人様……」

と、呟いたその時だった。


「――随分と楽しそうですね」

「というより、気持ち悪い……」


「っ!?」

不意に、オレの背後から強烈な気配が二つ感じられた。オレは振り向きつつ、気配から遠ざかるように大きく後方へと跳んだ。

「あらあら、随分と警戒されてしまいましたね」

「動き、大げさ……」

目の前に立つ二人の女。

一人は限りなく黒に近い群青色の髪をケツまで伸ばした女。瞳はまるで琥珀《トパーズ》のようだ。おっとりとした面差しで、柔和な笑みが貼り付いている。豊穣な胸に対して、括れた腰周り。手足はスラリと長く、人間の雄に好かれそうなスタイルだ。ただし、ひどく華奢な印象を与える。

一見するとそこまで脅威になりそうな雰囲気ではないのだが、体から溢れ出るマナはかなり濃く、ただ者ではないことは容易に想像ができた。

そしてもう一人、その隣にはデミウルゴスの姉御と同じ程度の身長を持ったガキ。眠たげに瞳が半分ほど閉じており、そこから覗く瞳はさながら紅玉《ルビー》を連想させる。肩甲骨まで伸びた乳白色の髪がかなり目を引く。だが、それよりもハッキリと目に付く特徴が、白いガキにはあった。頭上でピクピクと揺れる『獣の耳』、そして腰当たりから伸びる『しなやかな尻尾』……

こいつ、『獣人』か？

その特徴はまさしく、この世界に存在する人間以外の人型種族、獣人のものであった。

「……誰だ、てめぇら？」

オレはいつでも飛び出せるように身構えつつ、問いを投げた。

「あらあら、『同じ創造主』から生み出された存在なのに、お気づきにならないんですか、ティターン」

「鈍感……」

「つ…………」

こいつら、オレのことを知ってるのか？　というか、牛みてぇな乳した女が言った言葉……

「同じ創造主……てめぇら、まさか【龍神】と【ベヒーモス】か？」

「ふふ……その通りです。わたくしが龍神で」

「ボクがベヒーモス……」

そうか。こいつらはオレと同じ、人型に擬態した龍神とベヒーモスだったのか。ならこの溢れるマナの量も納得できる。それによく観察すれば、マナの気配には確かに覚えがあった。

まぁ、言われるまで気付かなかったけどな。オレ、マナの気配を探るとか、そういうチマチマしたことってあまり好きじゃねぇんだよ。いいとこ、マナの量が多いか少ないか、その程度の判断しかしねぇしな。それだけわかりゃ、相手が強いか弱いか、だいたいわかるし。ああ、そう考えると、ご主人様の強さも納得できるな。今更だが、あの方のマナの量は、人間にしては『異常』だ。

「ふふ……久しぶりですね、ティターン。会えてうれしいわ」

「おひさ……」

おっとりとした態度で、何を考えているのかよくわからねぇ笑みを浮かべる龍神。対して、ベヒーモスは眠たげな瞳でオレを見つめてきた。

「……なんでお前らがここにいる？」

「あら、それはもちろん、我が創造主……お母様にお会いするために決まっております」

「あ？　お母様だぁ？　デミウルゴスの姉御がか？」

「ええ。あのお方はわたくしたちの生みの親、まさしくお母様ではありませんか。それにしても、貴女はお母様を『姉』と呼ぶのですね」

「ああ、わりぃかよ」

「いいえ。呼び方は自由。お母様も、ご自分がどう呼ばれるかにこだわったりはしないでしょう」

それは確かにその通りだと思う。現に、ご主人様は姉御を呼び捨てだし、フェニックスはデミウルゴス様。で、オレは姉御。んで龍神はお母様……見事に呼び方はバラバラだ。となると、残りの白毛玉……ベヒーモスも、

「お前はどうなんだベヒーモス。お前も姉御に会いに来たのか？」

「もち……ボクも主様に会いに来たに決まってる。それ以外に理由がある？　バカなの……？」

「はうん！」

数千年ぶりに再会したベヒーモスからの小さな罵倒に、思わず体が反応しちまった。

くそ…………もっと言ってこいベヒーモス！

「うわ……ビクビクしてる……気持ち悪い……」

「あらあら。ふふふ……」

くっ、ベヒーモスからの蔑むような視線が心地良すぎる。こいつは逸材だぜ。だが、龍神は上品な仕草で頬に手を当てて微笑んでいる。あいつはダメだ。期待できねぇ。

「はぁ、はぁ、はぁ…………っと、にしてもお前ら、よくここに姉御がいるってわかったな」

オレはマナの追跡なんて芸当は苦手だ。でなけりゃ、さっさと姉御を見付けて世界樹の種子のありかにもたどり着いていただろうからな。

「いいえ、正確には、ここに目星を付けたのは貴女がいたからですよ、ティターン」

「オレ？」

「ええ。先日、人間の町の近くで、貴女のモノと思われる戦場跡を見つけました。そこに残留していたマナの流れを辿って、この近くまでは目星を付けたのですが」

「そこから正確な位置を探すのに苦労した……でもティターン、最近この辺りで派手に暴れ始めた……おかげで、遠くからでもマナが、感じ取れるようになった……」

「ふふ……貴女のマナの反応、そしてもう一つ……おそらくはフェニックスと思われるマナも感知しました。それを追ってここまで来た次第。貴女方がここに纏《まと》まっているということは、近くにお母様もいる可能性が高いと踏んでいましたが……」

「当たり……ティターンの反応を見る限り、ここに主様は、いる……」

つまり、こいつらは姉御のマナじゃなく、オレとチビ鳥のマナを追跡してここまで来たってわけか。なるほど。

しかしそうなると、フェニックスは相当マナの感知能力に優れていたってことだな。あいつは何の手掛かりもない状態で、一番にここへたどり着いたって聞いている。あいつの姉御に対する忠義というか妄信は傍目にもかなりのもんだ。そんな奴が最初に姉御を見つけた……もはや執念すら感じさせるな。

「さてティターン。さっそくですが、わたくしとベヒーモスをお母様のもとまで案内していただけるかしら？」

「というか、しろ……」

……さて、どうすっかな。

オレが言えたことじゃねぇが、こいつらを素直に案内してもいいもんか。何か企みなりがあって姉御を探しているんだとすれば、案内をするのは考えてしまう。

「心配はいりません。わたくしたちは、消息が絶えたお母様の身を案じているだけ。貴女にも、フェニックスにも、害意を向けるつもりはありません」

「右に同じく……だからさっさと案内しろ……」

まるでオレの頭ん中を覗きでもしたかのように、龍神たちはそんなことを言ってきた。

「それを素直に信じろってか」

普通に考えたら無理がある。そんな言葉を馬鹿正直に真に受ける奴がいたら、そいつは本当のバカである。

「信じる信じないは貴女の自由です……ですが、そうですね……もしも信用が得られないのであれば、わたくしたちは勝手にお母様を探すだけです」

「ちなみに……面倒だけど、邪魔するなら押し通る……」

「ほぉ……オレとやるってのか？　毛玉……」

「必要なら……」

不意に、ベヒーモスの体からマナの気配が強くなる。明らかな臨戦態勢にオレの口元がつり上がる。

「ベヒーモス、今は同族で争う時ではありません。ティターンも、できれば素直に案内していただくか、そうでなければ大人しくわたくしたちを通していただけないでしょうか？」

間に割って入ってきた龍神が、オレとベヒーモスを窘める。気勢をそがれたオレは小さく舌打ちするものの、龍神はそれを気にした風でもなく穏やかな笑みを浮かべたままだった。

そうなるとオレも闘争する気が薄れてきた。後頭部を掻いて小さくため息を吐く。

「はぁ……まぁいいか……付いて来い、姉御んとこに案内してやる」

「あら。ありがとうございますティターン。それでは、お言葉に甘えさせていただくとしましょう。ね、ベヒーモス」

「最初から、素直にそう言えばいい……まったく、めんどくさい……」

「うるせぇよ」

こいつらが何を考えているのかはわからない。だがそもそも、何かしてくるつもりなのだとしても叩き潰せばいいだけの話だ。ベヒーモスをやっちまうのは（オレの性癖的に）もったいねぇ気もするが、敵対するなら容赦はしねぇ。今のこいつらのマナの量は、オレと比べても大差ない。つまり、オレが負けることはありえないということだ。なら、こいつらを姉御のもとに案内しても問題ないと判断する。

それに、

「ついて来い。こっちだ」

「はい、よろしくお願いしますね」

「よろ……」

こいつらを連れて行って、もし何か問題が起きれば、二人を案内したオレにご主人様が罰として何かお仕置きをくれるかもしれん……！

「くく……」

「あら、ティターンったら、また笑ってるわ」

「気持ち悪い……」

※

ホーリーアップルの実る泉のほとり。初体験を迎えたあの日から二週間。俺とデミウルゴスは小さく揺れる水面を前に隣り合って地面に座っている。

「デミウルゴス、今日もお疲れ」

「う、うむ……旦那様もお疲れ様なのじゃ」

デミウルゴスが日課である世界樹の種子の経過観察を終えた頃。俺は彼女に労いの言葉をかけて、ここに誘った。

最近、俺は以前よりもデミウルゴスとの間に距離を感じる。露骨ではないのだが、わずかに避けられているような気配がするのだ。以前は事あるごとにくっついてきた彼女が、俺と触れそうになると距離を開ける……うぐっ、割と精神的にクルな。

それもこれも、俺がデミウルゴスとの初体験で暴走し、気遣いができていなかったからだ（と、本人は思っている）。

そのせいで、デミウルゴ人は俺との接触を避けるようになったに違いない（と、本人は思って……)。

きっと、彼女の中では俺との行為が苦い思い出になってしまい、体を求められることに拒否感を持ってしまっているのだ(と、以下略)。

それがゆえの、現在の距離感だとすれば、俺はデミウルゴスに謝罪する意味でも、彼女に対してしっかりとしたフォローをしていかねばならない!

これからの夫婦生活、こんな序盤で躓いていては先が思いやられる。

「なぁ、毎日ずっと世界樹にマナを与え続けてるけど、疲労感とかはないのか?」

魔法を使うと走った後のように体が重くなる。マナを使いすぎるとぶっ倒れて、最悪の場合は死ぬことだってありえるのだ。デミウルゴスは日常的に膨大なマナを世界樹に提供している。だとすれば、いかに彼女でも肉体的に負荷が掛かっているのではないだろうか?

「そうじゃのう。正直に申せば、確かにマナを世界樹に与えた後は、体がだるくなる。じゃがその程度じゃよ。少し時間が経てば回復するゆえ、心配は無用じゃ」

「そ、そうか……」

こちらに心配をさせまいと笑みを見せるデミウルゴス。とはいえやはり体に多少なりとも不調は出るようだ。彼女が最強の力を有していた時なら、こんなことにはなっていなかったのかもしれないが……というか彼女の力を削いだのは自分だしな。そのせいで彼女に負担が掛かっていることに、胸の奥がチクチクと刺激される。

「ま、まぁでもさ、体に倦怠感があるなら、少しは休んだほうがいいんじゃないか。ほら、なんなら俺の膝を枕にして横になってもいいぞ」

と、俺は提案してみる。すると、デミウルゴスはあからさまに体をビクリと震わせ、気まずそうに視線を横にスライドさせた。

ぐほっ！

き、きつい……だが、ここは粘りどころだ。絶好の気遣いポイントをアピールするチャンスじゃないか。くじけるな、俺！

「ほ、ほら。そのまま地面に横になるよりはさ、少しは体が楽だと思うぞ」

「じゃ、じゃがの。それでは旦那様の迷惑に」

「迷惑なんかじゃない！」

「っ……だ、旦那様？」

「あ、すまん。つい大声が出ちまった。で、でも、本当に迷惑なんて思わないから。だから、ほら」

俺は膝をポンポンと叩き、戸惑いの表情を浮かべるデミウルゴスに手を差し出す。俺としても自分から膝枕を言い出すのは勇気が必要だったが、果たして彼女はどんな反応を返してくるだろうか。

できるだけ平静を装いつつも、内心では心臓がうるさいくらい脈打っている。ここで断られたら、なんて想像をするだけで嫌な汗が吹き出てきそうだ。

「う、うむ……旦那様がどうしてもというのであれば……その、寝てやらんこともない」

なんて、どこかソワソワした様子ながらも、デミウルゴスは俺のそばにゆっくりと近づいてきて、体を横に倒した。後頭部をこちら側に向けて、ふとももに彼女の頭がそっと置かれる。

そのことに、俺は心の中で盛大にガッツポーズをとった。

よっしゃぁ！

デミウルゴスの癖のない銀髪が、ふとももから流れて地面に広がる。顔をこちらに向けてくれなかったことだけは少し寂しい気もするが、彼女が俺を拒絶しなかったことに心から安堵する。俺は知らず力が入っていた体を弛緩させ、思わずデミウルゴスの髪を指ですくように撫でてしまった。

「ぅ、ん……」

「あ、悪い。嫌だったか？」

小さく身じろいだデミウルゴスの反応に、俺は咄嗟に謝罪の言葉を口にする。嬉しさのあまり我知らず体が動いてしまったが、あまり触れてきてほしくないと思われているなら、自重するべきだろう。ちょっと寂しいけど。

「い、いや。そうではない。少々くすぐったかっただけなのじゃ」

「……なら、続けても？」

「す、好きにせよ」

しかし、別に嫌がられているわけではないようだと知り、ほっ、と胸を撫で下ろす。

さて、許可も頂いたことだし、ではさっそく。

「うにゅ、むぅ……」

髪を撫でられるたびに、彼女の体から力が抜けていくのがわかる。長い髪のせいで表情はよく見えないのが残念だ。仰向けになってくれないかなぁ、なんて思いつつも、こうして身を預けてくれただけで満足するべきだよな、と欲求を飲み込む。今の俺は彼女を労わっているのだ。自分の欲が全く絡んでいないとは言わんが、自重は大切だ。

それに、なんだかんだと、彼女に触れているという今この瞬間、俺の中は満ち溢れるような幸福で埋め尽くされている。心から伝播した熱が、体全部を温めてくれているかのようだ。

「ふにゅ～……」

なんだかよくわからないデミウルゴスの声さえ心地よく、俺はしばらくの間、彼女の頭を撫で続けた。

⁜

我は今、旦那様に膝枕をされておる。しかも、髪をすきながらの撫で撫で付きじゃ！　もう顔から体から、全力の勢いで火でも吹き出してしまいそうなほどに熱くなって堪らん。

旦那様がゆっくりと髪を撫でてくれる度に、我は奇妙な声を漏らして、全身から力が抜けてしまうのじゃ。あまりの幸福感に、心が満たされていくのを感じる。しばらくずっと旦那様に触れないようにと気を使っておったのに、これでは……ズルズルと旦那様に甘えてしまいそうになるではないか！

しかも底なしに湧いて来る下半身の疼き。これが続いている状態で旦那様に甘えでもしたら、そのまま襲ってしまうやもしれぬ……いや、確実に襲ってしまうじゃろう！

それはダメじゃ。というか、最初のまぐわいとて我が旦那様を押し倒して及んでしまった。旦那様との関係は体のみでなく、心も繋がっていなければならぬのじゃ。淫乱なだけの女じゃとは思われとうない……じゃが、今の我では体だけを求めるケダモノへと成り果てる。

それは嫌じゃ。

その果てに醜態を晒し、旦那様から呆れられ、嫌われるのはとても耐え難い。

じゃというのに、旦那様は我の気も知らず、こうして積極的に触れてこようとする。今だって、我の髪に触れて慈しみを与えてくれているのがわかる。ゆえに、その行為を無碍《むげ》に断ることもできなんだ。

いや、それはただの言い訳で、我自身も旦那様に触れてほしいと願っておる。そもそも、旦那様の好意が嬉しくないはずがないのじゃ。こうして旦那様によって髪を撫でられることの、何と心地好く甘美なことか。

「ふにゅ〜……」

ああ、何とはしたない声を出しておるのじゃ、我は。

じゃが、じゃが、抗えぬのじゃ〜〜……っ！

この膝枕の魅力を突っぱねることなどできはせん。我も自身の体の疼きがおさまったその時は、旦那様へ存分に膝枕をしてやりたいくらいじゃ。

その時は旦那様、喜んでくれるじゃろうか？

我に、いっぱいいっぱい、甘えてきてくれるじゃろうか？

ああ。我がもっと貞淑な妻であれたなら、このように妙な距離を取らずともよいものを……

己の未熟さに悶々とすることになるなど……

「うぅ～～……」

恋とは……愛とは何と不便なものなのじゃ。

相手を思うからこその触れられぬジレンマが、今はひどく、もどかしい……

※

ガサガサ……

デミウルゴスの柔らかい髪を指ですき、久方ぶりの触れ合いを楽しんでいると、ふいに右側の茂みが揺れた。

「うん？」

愛らしい銀の後頭部から日線を上げ、鬱蒼と茂る森の奥に目を凝らす。すると、茂みを掻き分けて三人の人物が出て来た。

一人は狩りに出かけたはずのティターンだ。

しかし、その後ろから現れた二人の女性は、初対面である。

「お、やっぱりここにいたか」

「ティターン、お前この時間は魔物狩りに行ってたはずじゃ……？」

俺がティターンに話しかけると、膝の上でデミウルゴスが、ビクッ、と体を震わせて反応。

慌てた様子で体を起こすなり、俺の視線を追いかけるように体を同じ方向へと逸らした。

「ティ、ティターンかっ！　戻ったのじゃな！　しゅ、首尾はどうじゃった⁉　アニマクリスタルは集まったかのう⁉」

よく見れば、デミウルゴスは頬から耳の先までを朱に染めている。もしかしたら、膝枕をされている姿を見られて恥ずかしがっているのかもしれない。何というか、そんな彼女の姿に思わず口元が緩みそうになってしまう。

「ああ。悪い。狩りはまだだ。成果も出てねぇよ。それよりも、後ろの連中を姉御んとこまで案内してきた」

「む？　後ろの者たちじゃと……？　よそ者を安易にこの森へ入れるとは、お前はいったい何を考えて……」

と、デミウルゴスがティターンに苦言を呈そうとしたその瞬間だった。

「――お母様！」

「むぉっ⁉」

突然、ティターンの後ろから一人の女性が勢い良く飛び出してきた。俺とデミウルゴスは咄嗟に身構えるも、相手は疾風のごとき速度で駆けてきた。意識を向けた時には既に目前にまで迫っており、何と彼女は驚愕するデミウルゴスの首に、ひし、と飛びつき抱きついたのだ。女性はそれなりに高身長であるため、背の低いデミウルゴスに抱き着くと地面に半分寝そべった様な状態になっている。俺は膝立ち姿勢のまま、何が起きたのか状況について行けず、唖然としてしまった。

「ああ……お母様……ご無事だったのですね……よかった、本当に、よかった……」

「だ、誰じゃ貴様は!?　ええい！　苦しい！　放さぬか無礼者!!」

デミウルゴスに抱きついたのは、見た目二十代前半と思われる美しい女性であった。黒に近い群青色の長い髪。涙を浮かべてる瞳はさながら琥珀石《トパーズ》のようだ。細くしなやかな手足に、きゅっと引き締まった魅惑のラインを描く細い腰と、それとは対照的にひどく発育した豊穣な胸が特徴的である。

デミウルゴスじゃなくても、誰？　と思わず首を傾げてしまう。何の脈絡もなくデミウルゴスに抱きついた謎の女性。どうやら敵意はないようだが……というか「お母様」？　彼女は一体……？

「も、申し訳ありませんお母様！　……わたくしったら、お母様のお姿を拝見できたことに感動してしまって、つい……」

「いや、とか言いながら離さぬのじゃ!?　大体、我は貴様に母などと呼ばれる筋合いはない！」

「ああ、そのような悲しいことを仰らないで下さいませ……この『龍神』、お母様の気配が感じ取れなくなった二年前から、ずっとその身の無事を案じ、捜していたのですよ？」

「なっ!?　りゅ、『龍神』じゃと!?」

デミウルゴスは驚愕の上に更に驚愕を重ねて目を丸くした。

かくいう俺も、いきなり突進してきた女性が、まさか四強魔の一人である龍神を名乗ったことに驚きを隠せなかった。

「はい……お久しぶりでございます、お母様。貴女様に生み出されてから早数千年……ただいま、御身のもとへ帰還いたしました」

デミウルゴスから体を離した龍神は、ぴんと背筋を伸ばすと膝を突く姿勢を見せ、恭しく頭を垂れた。

「お疑いでしたら、この身に流れるマナを感じ取ってみて下さい」

「……う、うむ」

龍神を名乗る彼女をじっと見据えるデミウルゴス。すると、険しかった彼女の瞳が徐々に下がり「ほぅ」と小さく息を吐き出すなり、おもむろに立ち上がった。

「間違いない……このマナの気配は、まぐれもなく我が知る龍神のもの……そうか……我のもとに戻ったのじゃな」

デミウルゴスは表情を緩めると、膝を突く女性の頭を優しく撫でる。それに反応した龍神は勢いよく顔をあげ、再度瞳を潤ませて自らの主の手を取った。

「ああ、お母様……っ！」

「うむ……よく戻ったのう……嬉しいぞ、龍神」

「つ……！」

感極まった様子で、再びデミウルゴスに抱きつく龍神。

しかし、今度はデミウルゴスも彼女を受け入れ、まるで本当の母親のように彼女の髪を優しく撫でる。

そして、その様子を見つめていた俺の傍目に、もう一人の女性が近づいてくるのが確認できた。

「……主様、久しぶり……」

「む？　お前は……いや、龍神と共にここへ現れたということは、もしやお前、『ベヒーモス』かの？」

「……うん、そう……主様、無事だった……本当に、よかった……」

「うむ。どうやらお前たちにも心配を掛けてしまったようじゃな……ベヒーモスよ。もう少しこちらに来て、その顔を見せてはくれまいか？」

「……うん」

デミウルゴスがベヒーモスと判断した少女は、見た目だいたい一四から一六ほどの少女だった。

俺はこの場に龍神とあわせて、ベヒーモスまでもが一緒になって現れたということに大きく目を見開きつつ、立ち上がって彼女を観察し始めた。

肩甲骨まで伸びた乳白色の髪。紅玉石《ルビー》のように真っ赤な瞳は半分ほど閉じられており、酷く眠たげな印象を抱かせる。だが、特に俺の目を引いたのは、彼女の頭と腰から生えた、『耳と尻尾』の存在である。猫を思わせる尖った耳が頭上でピコピコと揺れ、細くしなやかな長い尻尾がフリフリと揺れている。まさか、獣人族《ベスティア》の姿に擬態しているとは。見たところ猫人族《ワーキャット》のようだな。

「……ああ、主様の匂いがする……これ、好きかも……」

「こ、これこれ、鼻を押し付けてくるでないわ。くすぐったいであろうが」

「すりすり……」

呆然と立ち尽くす俺を尻目に、再会の抱擁を交わすデミウルゴスたち。ティターンは欠伸をしながら、手ごろな木に背中を預けて事の成り行きを見守っている。

俺は森の外に向かったフェニックスに意識を向け、ついで遠巻きにデミウルゴスたちに視線を向けるティターンを視界に収めると、最後にデミウルゴスたちへ視線を戻した。

……この二人がもし本当に龍神とベヒーモスなら、今ここには……デミウルゴスが生み出した最強の魔物……四強魔が全員この森に集結したことになる。

いずれ、こうなる日が来るんじゃないかと予想してはいたが、まさかここまで早く全員が揃うことになるとは。俺は未だ再会の喜びに暮れる彼女たちを見つめ、微笑ましくも思える一方で、これから先のことに対し、どこか不安を拭えずにもいた。

なにせ今ここに、世界最強の戦力が完全に集中してしまったのだから。

感動の再会を果たしたデミウルゴス、龍神、ベヒーモスの三人。そこに、アニマクリスタルを抱えたフェニックスが森の外から戻り、本当にこの場に四強魔が集結した。

「わぁ！　龍神にベヒーモス、久しぶりね！」

「まぁフェニックス。本当に久し振りですね、お元気そうでなによりです」

「おひさ……」

ティターンの時とは打って変わって、フェニックスは二人のことを歓迎していた。デミウルゴスが二人を龍神、ベヒーモスだと認めていることも、フェニックスが彼女たちを素直に受け入れた要因かもしれない。

それと余談だが、いくら相手が龍神やベヒーモスだとわかっていたとはいえ、安易にデミウルゴスの前に二人を連れて来たティターンには軽く注意をしておいた。俺からの言葉を聞いている間に、ティターンはなにやらソワソワとした様子で頬を赤らめ、何かを期待するような素振りを見せていた。しかし俺が注意だけで今回のことを終わらせると、ひどくガッカリしたように肩を落としていた……アレは何だったのだろうか……？

いや、やっぱり深く考えるのはよそう。なんというか、深く追求すると後悔しそうな気がする……アレは突いてはいけない類の藪だ。

俺たち全員は泉の近くで円を描くように腰を下ろした。

泉を背に、右からデミウルゴス、俺、ティターン、ベヒーモス、龍神、フェニックスの順に座っている。フェニックスは特に龍神と積極的に言葉を交わし、ベヒーモスはこくんこくんと会話の最中に船を漕いでいた。その隣で、ティターンはどこかいじけた様子で地面に指をずぼずぼと突き立てて、俺に不満そうな目を向けて唇を尖らせていた。が、俺はもちろん彼女の視線を完全に無視。デミウルゴスはそんな四人の姿を愛おしそうに見つめていた。

しばらく旧交を温めるように談笑を交わしていたフェニックスたちだったが、ふいに龍神とベヒーモスが俺の存在に目をつけ、デミウルゴスへと問い掛けた。

「あの、お母様……ずっと気になっていたのですが、なぜお母様の近くに人間がいるのでしょうか？」

「それ、ボクも気になってた……主様、なんで……？」

「む……それはのう……」

言いよどむデミウルゴス。さすがに俺がデミウルゴスの力を削いだ存在だと説明するのは、心象的にはよくないことは間違いない。

とはいえ、何も話さないわけにもいかないだろう。

俺は姿勢を正し、龍神とベヒーモスから向けられる視線を真っ直ぐに受け止めた。

「初めましてだな。俺はアレス・ブレイブ。二年前は勇者としてデミウルゴスと敵対していた」

そんな自己紹介を口にすると、二人は大きく目を見開いて、ますます警戒心を露わにして俺を見据えてくる。

「……勇者ですか。聞いたことがあります。愚かにもお母様に戦いを挑もうとしている者がいると……それが確か、人間たちの間では勇者とか呼ばれていましたか……なるほど、貴方が……」

「敵対してたのに、何で今は一緒にいる……？」

「そ、それは、じゃな……～～っ」

ベヒーモスは純粋な疑問をデミウルゴスにぶつける。お互いに殺し合いを演じた相手と、なぜ今は一緒にいるのか。彼女からすればそれは当然の疑問だろう。

「わ、我はこやつ……アレ人を、好きになってしまったのじゃ……それで、今は夫婦として、一緒に生活をしておる」

「まぁ！」

「ほうほう……え？　……何で……？」

「そ、それはのう……実は……」

表情を羞恥に染めて、デミウルゴスは龍神とベヒーモスに二年前から今日《こんにち》に至るまでの経緯をすべて話して聞かせた。俺も、彼女の説明を補足するように要所要所で会話に混ざる。ただ、何故かデミウルゴスは俺からしたという告白の場面の詳細は語ろうとしなかった。俺にはその時の記憶がないから説明は当然できない。

もしかして、デミウルゴスはまだ俺に当時のことを自然と思い出してほしいという思いがあるのかもしれない。あとでそれとなく真意を訊いてみようか。

と、あらかた話をしたタイミングで、龍神が小さく呟いた。

「つまり、この方はお母様との戦いで一度は命を落とし、お母様によって命を分け与えられた、と……そして今は、契りを結んで一緒に世界樹を育てている……要はそういうことですね？」

「で、そのオスと交尾、した……？」

「ちょ、直接的な物言いじゃな、ベヒーモスよ……しかし、うむ……そういうことに、なるかのう」

「まぁまぁ！　それではお二人は、既に愛の契りを結んで……」

「おる……つい、二週間ほど前のことじゃ」

「あらあらまぁまぁ！　それはおめでとうございます！　この龍神、心からの祝福を申し上げます！」

「え？　いや、というか、その……龍神は俺たちが一緒になることに、反対したりしないのか？」

龍神からの祝いの言葉に、俺は思わずそう問い掛けてしまう。仮にも俺とデミウルゴスは命のやり取りを行い、その結果としてデミウルゴスは全盛期の力を大きく失っている。普通なら、付き合うことなど許さないと猛反対されてもおかしくはない。最悪、この場で襲われたって不思議ではないだろう。

「確かに思うことがないわけではありません……ですが、お母様御自《おんみずか》らが選んだ御方ならば、それに反対する理由はわたくしにはありません」

龍神はそう言ってくれた……しかし隣のベヒーモスは、すぐに頷く様子はなく、

「……一つ、気になることがある……」

眠たげな瞳が更に細められて、俺を値踏みするように見つめてくる。どこか獲物を狙う猛獣にも似た気配を漂わせるベヒーモスの視線に、俺は緊張感を覚えた。

「お前は本当に、主様たちに勝ったの……？」

「む？　ベヒーモスよ。それは我らが嘘を言っているということかの？」

俺へ向けられた問いにデミウルゴスが眉を顰める。ベヒーモスは首を縦に振ってみせた。

「主様が、その人間をよく見せようと……話を誇張している可能性もある……」

「ちょっとベヒーモス！　あんた、デミウルゴス様がそんな御方だって本気で思ってるの!?」

ベヒーモスの発言に、フェニックスが勢いよく立ち上がった。しかしベヒーモスはフェニックスを一瞥しただけですぐに視線をデミウルゴスへと戻した。

「戦ってもいないうちから……完全に信用は、できない……たとえそれが、主様の言葉でも……」

「むう……確かにそれはもっともじゃ……じゃが、であればどうしろというのだ、ベヒーモスよ？」

顎に指を添えて、デミウルゴスがベヒーモスに問いかける。するとベヒーモスは、俺に再び目線を移動させ、答えを用意していたかのようにすぐさま自分の提案を口にしてきた。

「ねぇ人間……ボクと、手合わせ、しよ……？」

「手合わせ？　戦うってことか？」

「そ……弱い奴がここにいる資格はない……仮に主様が認めてても、ボクは許さない……」

紅玉のような瞳に確かな闘志を潜ませて、ベヒーモスはゆっくりと立ち上がった。

「ボクたちと家族になりたいなら……その実力、見せて……弱い奴は、いらないから……」

ベヒーモスが指をコキンと鳴らす。今にも飛び出してきそうな彼女の様子に、俺も自然と体が臨戦態勢となる。

「ちょっと待ちなさいってばベヒーモス！　さっきの話を聞いてたでしょ！　今デミウルゴス様は、そこのアレスと命を共有しているわ。そいつを殺しちゃったら、デミウルゴス様も死んじゃう……それは絶対に認められないわ！」

「確かに。お母さまが巻き込まれて命を落とすのを、黙って見ているわけにはいきませんね」

「むぅ……」

フェニックスと龍神に待ったをかけられて、ベヒーモスが小さく口を尖らせた。しかし、彼女はどうあっても俺と戦いたいようで、

「なら、殺さないよう注意する……」

なんて、気の抜けることを口にした。フェニックスが半眼になってあきれた様子を見せる。

「注意って、あんたね……」

「やりすぎちゃったら、みんなで止めて……それなら、安心……」

「……ですが、やはり危険が」

「龍神は、主様の隣に相応しくない男がいるの、許せる……？」

「それは……お母様が決めたことなら、異論は……」

「ボクは、イヤだ……それに、見極めたい……主様にも、フェニックスたちも勝った、その実力を……」

「つまり、これは我が旦那様に課す、お前からの試練だというわけかのう？」

「そう取ってもらっていい……」

デミウルゴスがベヒーモスの意図を要約する。

力こそが正義、という魔物独特の価値観みたいなものが、四強魔には共通してあるように俺は思う。おっとりした雰囲気の龍神ですら、弱い人間がデミウルゴスの隣にいてもいいのか、と訊ねられて答えに窮していた。つまりはそういうことだろう。

実力を見ていない内から、俺を完全に認めることはできない。そう思う彼女たちの意思を尊重するなら、ここは逃げずにベヒーモスの提案を受けるべき場面。更に言えば、俺がデミウルゴスの良人《おっと》としてふさわしいことをこいつらに証明する機会でもある。無駄な争いは避けるのが肝要だが、力比べで相手を納得させるやり方はむしろシンプルでわかり易いかもしれない。

ここでこの提案を断って、変にしこりを残すよりはマシだと考えることもできる。

「……それに、もしその人間の実力が本物なら……ボクの……が……に……」

と、急にベヒーモスは小さく下を向いて、最後に何か呟いた。だが、それはあまりにも小さい声で、誰の耳にも届かなかったようだ。

「？　ベヒーモス？　まだ何かあるのかの？」

「ううん……これは、後でいい……」

ベヒーモスは顔を上げると、両の拳を腰の位置で握って真っ直ぐ俺を見据えてきた。

「それじゃ人間……さっそく、やろ……？」

ベヒーモスの闘気を受け止めて、俺も相手を見返す。一見すると小柄で華奢な少女に見える彼女だが、その内に宿る膨大なマナは、こいつが並みの相手ではないことを俺に伝えてくる。これで全盛期と比べて弱体化しているというのだから、笑えない冗談である。しかし先日対峙した時のティターンと比べればまだ感じられるマナの圧は弱い。初めて出会った時のフェニックスに感じたマナと同程度か……それでも油断などできる相手ではない。全盛期のデミウルゴスやティターンに勝ったからと自惚れれば、その瞬間に寝首をかかれることになるだろう。

「わかった。ベヒーモス、お前との試合、喜んで受けよう」

「旦那様……」

心配そうに見上げてくるデミウルゴス。俺は彼女の頭に手を置いて、笑いかける。

「大丈夫。俺に任せとけ。何の心配もいらねぇよ」

妻の不安を払しょくするように、力強く答える。そんな俺を見て、デミウルゴスが小さく笑みを浮かべてくれる。彼女のこの表情を曇らせることのないよう、俺は全力を尽くすだけだ。

しかし、この状況は……

「……何というか、デジャヴュを感じるな……」

緊張感が漂う場面だというのに、俺は思わずフェニックスを見やった。

「何よ？」

「いや、なんでも……」

そういやこいつも、初めて会ったときは、俺を認めない、と言って勝負を挑んで来たんだったか……あれからもう一か月以上も経つのかと思うと、時間の流れの早さを実感する。

そして、俺たちは揃って森の外へ移動した。戦いの余波で世界樹の種子に害が及ばない様にするための配慮だ。ここも、かつてフェニックスを相手にした時と同じだ。ますますデジャヴュだな……

森の外に広がる平原。遮蔽物などほとんどないだだっ広い空間で、俺はベヒーモスと対峙した。立会人として、デミウルゴスが戦いのルールを説明し始める。

「――では、今回の取り決めは以下の通りじゃ。まず、相手の命を奪う行為を行ってはならぬ。もしもの際は立会人である他の四強魔が止めに入るのじゃ。勝敗の決着は相手を戦闘不能にするか、敗北を認めさせるかの二つ。それでよいな、二人とも？」

「ああ。問題ない」

「大丈夫……」

俺とベヒーモスの周囲で。フェニックス、ティターン、龍神の三人が、最悪の事態に備えて囲みを作る。これで、よほどのことでも起きない限りは不慮の事故はないだろう。

各人の準備が整ったのを見て取ったデミウルゴスが、片手を頭上に上げて、

「うむ。では各々、存分にその力を振るわれよ…………始め！」

試合開始の合図とともに、腕を振り下ろした。

途端！

「っ!?」

強烈なマナの気配を感じて、俺は慌てて地面に伏せるほど姿勢を低くした。すると、俺の髪を数本巻き込んで、強烈な風圧が頭上を通り抜けていった。

目にも止まらぬほどの速度で接近してきたベヒーモスが、俺の腹部目掛けて鋭い蹴りを放ってきたのだ。

「……へぇ……」

蹴りの姿勢のまま、ベヒーモスが感心した、とでも言うような声を出す。

「不意打ちのつもりだったんだけど……なかなか、いい眼してるね……」

「そりゃ、どうも……！」

俺は腕の力だけで体を跳ね上げて、空中で縦に回転しながらブーツの踵をベヒーモス目掛けて落とす。しかしこちらの攻撃は右に躱され、地面に足を付いた俺にベヒーモスは再び足技を繰り出してきた。咄嗟に腕の筋力と防御力をマナで強化して受け止める。

「速い……！」

「まだまだ序の口……次、行くよ……！」

ベヒーモスと一瞬だけ視線が交差する。腕から伝わる痺れをまともに感じる暇もなく、ベヒーモスは蹴り上げた脚を一気に引き戻すと飛び上がり、先ほど俺がしてみたのと同じようにその場で飛び上がって踵を真っ直ぐに落としてくる。

動作を切り替えるまでの速度が尋常でなく、俺はベヒーモスが繰り出す常人離れした動きに翻弄されてしまう。

迫る一撃を俺は体を後方に引いてギリギリ躱す。鼻先を掠めて通り過ぎる足を見送り、代わりにマナを高密度に集めた右手の手刀打ちをベヒーモスの首元目掛けて放った。

しかし彼女はなんと攻撃に視線を向けることもなく体を自然を後ろに倒れこませる。空を切る俺の一撃。ベヒーモスは背中が地面に触れる直前に両手で地面を捉え、そのまま脚を振り上げながら体を後方に一回転。

こちらを牽制しつつ距離を取られた。

「ふ～ん……主様たちに勝ったって話……あながち嘘でもないのかも……」

ベヒーモスは眠たげな瞳のまま、その口元にうっすらと笑みを浮かべた。

「これは、嬉しい誤算かも……」

彼女の頭部の耳が揺れて、尻尾が真っ直ぐに伸びる。

ベヒーモスが嬉しそうな表情を浮かべるのに対し、俺は今の短い応酬だけで彼女の実力の高さを嫌でも痛感していた。

拳や蹴りの威力は弱体化したティターンと比べれば若干劣るだろう。しかしそれを補って余りあるスピードを彼女は持っている。なによりもこれまでの四強魔との戦いとは決定的に違うのは、彼女は決して俺を侮ってはいないということ。

フェニックスもティターンも、果てはデミウルゴスとて、戦いの序盤は俺を人間だと甘く見てきた。そこに隙を見出して付け入ってきたからこそ、俺は勝利を収めてこられたというのも事実だ。

しかしこと今回の戦闘において、彼女は事前情報として俺がデミウルゴスたちに勝利したことを耳にしている。

先ほどの一幕……彼女は様子見のつもりで仕掛けてきていた。しかしそれは油断によるものではない。鋭く放ってきた一撃はその全てが俺の急所を狙ってきたものだ。即死するような事態にはならないよう配慮されてはいたが、それでもまともに入れば意識を刈り取るには十分。殺し合いという場面でなければ彼女の繰り出した攻撃はかぎりなく正解に近い。

「うん……ごめんね……君相手なら本気になっても大丈夫そうだ……」

「っ!?」

今まで「お前」呼びしていた彼女が、途端に「君」と俺を呼ばわってくる。更には彼女の体から濃いマナが溢れ出て陽炎のように立ち上った。

するると、

「ちゃんと、ついてきてね……でないと……」

「死んじゃうよ……」そう呟いた彼女の手足がゆっくりと膨れ上がり、さながら肉食獣のそれに変化する。真っ白な体毛に覆われた屈強な四肢。そこから覗く漆黒の爪が鋭く光を反射させている。内側のピンクの肉球がまるで皮肉のような可愛さを覗かせていた。

「――――『獣化』」

見る人によっては愛らしさすら感じられる手足の変化。しかしその実、あの姿は獣人族にとっての戦闘形態なのだ。人と比べて身体能力が高いのが獣人族の特徴だ。それだけでも大きなアドバンテージなのだが、彼らには『獣化』とよばれる身体強化の術を持っており、ただでさえ高い身体能力を更に高めることができるのだ。

俺が予想するに、彼女の変化は攻撃力を底上げする類のものだろう。

先ほどは彼女の蹴りを腕で受けたりもしたが、同じことをすれば確実に千切れ飛ぶ。そしてそのまま入った一撃で俺の命は確実に狩られる。

もう、安易に彼女の攻撃を受け止めるなんて真似はできない。

「シッ……！」

思考も纏まらないまま、ベヒーモスが動き出す。先ほどとはまるで比べ物にならないほどに速度の乗った駆け出し。俺の体は考えるよりも先に反射で右に傾き、そのまま地面を転がった。

すると、今まで俺が立っていた位置にベヒーモスの拳が突き出されている。

彼女の眼はすでに俺を捉えていた。それを受けて俺の背筋に強烈な悪寒が突き抜ける。

悠長に転がっている暇などない。ここで動きを止めたが最後、勝利の芽は確実に潰える。

俺は転がりながら左手に力を入れて跳ね起きた。

だがこちらが体勢を整える前に、ベヒーモスは突き出した拳を握りこんで裏拳を放ってくる。

側頭部に迫った一撃をすんでのところで回避。

そこから、ベヒーモスによる怒涛の連撃が繰り出された。

裏拳が空ぶってもその勢いを乗せたまま脚を振り上げて回し蹴りを放ち、それを身を屈めて躱せばこちらの顎を狙って蹴り上げてくる。喉を仰け反らせた俺に振り上げた脚をそのまま下ろしての踵落とし。

まるで息つく暇もない。

流れるように繰り出される一撃一撃はすべて必殺の威力を秘めており、まともに受ければ無事では済まない。しかも一連の動作はまるでダンスのように途切れることなどなく、さながら一連の流れを沿っているかのような自然さだ。

連撃の最中にも俺は牽制の一撃を割り込ませるが、状況の打開にはいたらずジリ貧だ。

俺は確信する。こと体術を用いた白兵戦においてなら、ベヒーモスは間違いなく過去に戦った誰よりも巧みで力強い。

だが、

「ふっ！」

俺は空間をも切り裂くようなベヒーモスの正拳突きを、ほぼ真横から横槍を入れるように払い除けて大きく後方に跳んだ。

流れを強制的に遮られたベヒーモスの体がほんの少し傾く。その隙に俺は彼女と距離を取った。

「すごい……ここまでボクの攻撃を単独で凌いだのは、君が初めてだ……」

ベヒーモスが俺を見据えて獰猛な笑みを浮かべた。それと同時に彼女の体から更にマナの奔流が大気で荒れ狂った。

「風よ……加護となりて侍《はべ》れ……『ゲイル・フォース』……！」

魔術詠唱！

ベヒーモスの四肢を包むように風の幕が覆う。吹き荒れる風で平原の草が千切れて舞い上がり、彼女の手足に触れた途端に細切れになってしまった。

『ゲイル・フォース』……風の渦を体に纏わせる攻防一体型の魔法。渦巻く風に触れれば人間の肉など容易く挽き肉にされてしまう。向こうがこちらを一方的に攻められるのに対して、こちらは相手の魔法に触れないように立ち回らなければならない。非常に厄介な魔法だ。

「一人の人間相手に、この魔法を使ったことはない……」

ベヒーモスが姿勢を低くして突進の構えを見せる。

「素直に認める……君はボクが出会ってきた人間の中で、一番――強い！」

「っ――！」

彼女は最後の言葉を口にするのとほぼ同時に、平原の地面を抉りながら駆けてくる。まるで巨大な暴風が形をもって向かってくるかのような凄まじい突進！

わずかに開いていた距離などまるで意味がなく、ほとんど一瞬の内に埋まってしまった。

ベヒーモスの拳が俺の胸目掛けて突き出される。俺はなんとかそれを回避できたものの、彼女の纏う風で胸が切り裂かれて鮮血が舞った。

「旦那様!?」

途端、遠くからデミウルゴスの悲痛な声が上がる。しかし今の俺にはその声に応えている余裕も、胸の痛みに気をする暇だってない。

意識の全てをベヒーモスに集中せねば、俺の体は次の瞬間にはミンチに早変わりだ。

これまでの四強魔との戦いでまともな傷を付けられたのは今回が初めて。やはり侮りなく向かってくる手合いは付け入る隙を見つけるのが難しい。

加速度的に増していくベヒーモスの連撃。トウカが持つジョブ――『サムライ』のスキルである『心眼』を用いて、なんとか迫る拳、蹴りの位置を把握して致命打を避ける。

それでも彼女がまとう風の鎧が体を掠める度に皮膚が裂けて血潮が飛ぶ。

下手に手出しすれば肉が抉られてしまうため、先程のように牽制するための行動に出れないこともまた、こちらが追い込まれている要因の一つであった。

「どうしたの……？　防戦一方だよ……」

「くっ！」

こちらの気も知らず、ベヒーモスがのたまう。しかし俺は彼女の挑発にノッテやるつもりはなかった。如何に怒涛の連撃も、生物が繰り出す以上は必ずどこかで流れが途切れるタイミングがある。

デミウルゴスの猛攻にも耐えきったんだ。全盛期よりも力の衰えたベヒーモスの攻撃を耐え切れなくてどうするよ。

ほんの一瞬でいい。僅かにでも魔法発動の隙が生まれれば、それだけでこの状況は覆る。

俺の見立てだが、ベヒーモスはおそらく……

「この……ちょこまかと……！」

ベヒーモスも痺れを切らし始めた。どれだけ油断なく挑んで来ようと、己が優勢であればあるほど、決め手に欠けるこの状況はジレンマだろう。

なまじ最強の座を欲しいままにしてきた四強魔なら、堪え性はそこまで高くないはず。

「──ッ！」

ベヒーモスが半歩身を引いて、右足が地面を深く抉るほどに突き刺さる。そのまま体を一本の軸に見立てて大きく脚を振り上げた。俺の脇腹目掛けて放たれた回し蹴り。動作も大きく、魔法の掛かっていない胴体が大きく空く。更に言えば彼女の脚の内一本は、地面を深く噛んでいる状態だ。この挙動から次の動作に移るまでにはどうしたって無駄なワンアクションを入れざるを得ない。

俺はあえて身を前に乗り出す。

「──っ!?」

途端、ベヒーモスが大きく目を見開く。彼女の回し蹴りが俺の腕を捉えるが、もっとも威力ある足先ではなく、当たったのは彼女の太ももだ。焼けるような熱が一撃を箇所から伝わってくる。マルティーナから得た『聖騎士』のジョブは守りを強化してくれる。おそらく骨までは響いてない。

であれば、今はこの痛みは無視していい！

「──『エアー・ボム』！」

ベヒーモスの開いた胴体……その脇腹に、風を圧縮した空気爆弾を押し当てる。ベヒーモスは僅かにでも俺の一撃から逃れようと身じろぐ。しかし炸裂した圧縮弾はベヒーモスの体を吹き飛ばした。

「ぐっ、があああ！」

遂に、ベヒーモスの体に俺からの一撃がまともに入った。

しかし、さすがの身体能力だ。無様に転がったりするようなことはなく、ベヒーモスは脇腹を押さえつつも受け身を取って俺を睨み付けてくる。

状況的には痛み分けだ。俺は片腕を、ベヒーモスは脇腹を負傷した。だが、ベヒーモスの傷は決して浅くない。俺もそれは同じだと言えるが……

「こっからは俺のターンだ――『ロック・グレイブ』！」

俺はベヒーモスの足元に魔法を発動させる。鋭利な先端の石柱が交差するように伸びて、ベヒーモスを襲う。

「無駄……！」

しかしベヒーモスがその程度で捉えられるはずもなく、その場から飛び退いて躱されてしまう。

しかし、彼女の着地点に俺は立て続けに魔法を発動させた。

「――『アイス・ウェーブ』！　『アクア・ショット』！」

マナを練る時間がほぼない小出しの魔法。もちろんこの程度の魔法がベヒーモスに対する決定打にはなりえない。

しかし、

「うわっ……！」

彼女の着地した地面は『アイス・ウェーブ』によって既に氷漬け。しかも『アクア・ショット』で盛大に濡れている。如何に肉球という滑り止めがあろうが完全に姿勢を維持はできまい。

案の定、ベヒーモスは体勢を崩した。しかも変な体のひねり方をしたのか、表情に苦悶が生まれる。俺は彼女に向けて再度の魔法を放った。

「──『ライトニング・スノィア』！」

「っ！　ぐぅぅぅぅ！」

雷系統の初級魔法だ。仮に決まっても相手を軽く痺れさせる程度だ。

だが、彼女の場合はそれが致命的……状態異常を起こして動きが明らかに鈍った。

「ぐう……この、程度……！」

やはり、ティターンと比べると彼女の防御力はそこまで高くない。速さに重きをおいた彼女の戦闘スタイルでは攻撃はまず受けないことが前提となる。あれだけ優れた身体能力であれば、その動体視力もかなりのもののはず。おそらく後方から放たれた魔法も彼女であれば容易に回避できるのだろう。一般的な魔導士が魔法を発動するまでの時間ではベヒーモスの接近を許すことになる。白兵戦が多少できる程度ではベヒーモスの相手にはならない。一方的に蹂躙される結果に終わるだろう。

しかし彼女は遠距離攻撃としての魔法をほぼ使ってこなかった。使えないのか苦手なのかはわからないが。いずれにしろ、遠距離攻撃の可能性が限りなく低いなら、距離を置いての魔法戦闘に切り替えるだけの話だ。

俺は腕を前に突き出す。

「――雷鳴轟け――『サンダー・ヴォルト』!!」

俺が詠唱を終えると、ベヒーモス目掛けて落雷が落ちた。

「あああぁぁぁぁ〜〜っ!!」

万全の状態であれば、俺の魔法がベヒーモスに直撃することはなかっただろう。そもそも詠唱すら許されなかった。だが負傷に加えて体を痺れさせられた状態の彼女は、最初のころの精細な動きもできず、俺の魔法を受ける結果となった。

ベヒーモスは声を上げて地面に膝を突く。白かった彼女の綺麗な毛並みも所々が黒く焦げていた。俺は彼女が動けない状態であるところへ一気に肉迫。

「っ!?」

痺れて動けない彼女の肩を右手で掴み地面に押し付け、空いた左手を真っ直ぐに伸ばして彼女の顔に突き付けた。

「「…………」」

お互いの間に沈黙が流れる。周りを囲んでいるデミウルゴスも他の四強魔たちも声を上げない。

しばらく無言が続いた後、ベヒーモスがポツリと、

「ボク……敗けたの……？」

「……もしもこれが命を懸けた戦いなら、俺は今頃お前の頭を貫いてる」

「そっか……そうだよね……うん……」

ベヒーモスは目を瞑り、体から完全に力を抜くと、

「それじゃ、これは確かに……ボクの負けだ……」

と、宣言した……俺はベヒーモスからの試練に無事、合格したのだ――

※

ベヒーモスとの試合が終わった俺は、

「旦那様〜〜〜〜！」

デミウルゴスに思いっきり抱き着かれていた。

「心配させおってからに！　血が噴き出た時は卒倒するかと思ったのじゃ！」

「悪かった。悪かったって」

えぐえぐと涙を零すデミウルゴスを慰める。彼女が言う傷はすでに回復魔法の使用とホーリーアップルを食べることでほぼ完治している。雷撃を受けたベヒーモスも同様だ。

あの後、俺の実力はベヒーモスに認められ、「主様、アレス……疑って、ごめん……」と頭を下げられた。しかし彼女の気持ちはわからないでもなかったし、今回の戦いでベヒーモスの戦い方も知ることができたのだ。俺としても収穫であったと言える。デミウルゴスも特に気にしている様子ではなかった。

で、俺たちは再び泉に集まり、戦う前にしていた俺とデミウルゴスの馴れ初めが再度話題として挙がっていた。

「——それにしても、魂の共有ですか……そのようなことまでできてしまうなんて、さすがはお母様です。わたくしたちではそのような真似はできません」

「うむ。一度死を迎えた旦那様を救うにはそうするしかなかったからのう。本来であれば死者蘇生は禁忌じゃが、我の命を代用することでなんとかなった」

「で、今はまさしく一心同体ってわけだな」

こう口にするのは少し恥ずかしい気もするが、ある意味では究極の夫婦関係を築いているとも言えるだろう。むしろ、俺としては誇らしい気分になるな。

「ふ〜ん……じゃあ、アレスってもう、純粋な人間ってわけじゃないんだ……」

「え？」

だが、なんともなしに言われたベヒーモスの言葉に、俺は間の抜けた声を漏らしてしまった。

「ああ、でも確かにその通りですね。そもそも魂は生命の質を決める基部ですから、それがお母様と同じ魂を宿したということは、既にこの方は人間という存在とは呼べない……そういうことですね？」

「うん……」

「デミウルゴス、そうなのか？」

ここにきて、まさかの衝撃的発言が出てきた。俺は内心の動揺を極力外に漏らさないよう努めながら、龍神たちの発言が事実であるかをデミウルゴスに問い掛けた。

「う、うむ……確かに命を語る上で魂は重要なものじゃ、たとえばじゃが、人間の魂と、魔物や動植物では、魂の性質自体が全く異なっておる。旦那様が我の力の一部を使うことができるようになっておるのも、我の魂が体に入り、性質の一部が変化したからじゃしな」

「そう、なのか……」

俺はもう人間じゃない……いや確かに一度死んだ命をこうして繋いでいるなんて荒唐無稽な奇跡が起きているのだ。であれば。俺が人間とは別の存在になってしまったということも、十分にありえる話なのだろう。俺が納得できるかはさておいて……

そして、魂が生命としての質を決めるというのなら、俺という存在はデミウルゴスに近いということになるのだろう。彼女の種族的なものをあえて分類するなら『神』ということになるのだろうか。だとすれば俺も、それに近い存在になった？　いや、まぁさすがに自分が神だとか名乗るのはおこがましいとは思うが。

「へぇ、ご主人様が姉御と近い存在になってるねぇ……ああ、だからあの時、機械人形《デウス》を使役できてたのか。なるほど、納得した」

ティターンが腕を組んでうんうん頷いていた。

「なぁ、もしかしてフェニックスも、俺が人間じゃなくなってることに気付いてたのか？」

俺は純粋に疑問に思ったことをフェニックスに訊ねてみた。

「……まぁね。出会い頭に感じたのはちょっとした違和感程度だったけど、そのあとデミウルゴス様から話を聞いて、アレスの気配を探ったらすぐにわかったわ」

「え？　オレは全然気付かなかったぜ？」

「あんたは色々と大雑把過ぎるのよ。マナの感知とかほとんどできてないじゃないの」

「ちまちましたこととか嫌いなんだよ、オレは」

俺とフェニックスの会話にティターンが割り込んで、そんなことを口にする。それにしても、フェニックスは一番初めにデミウルゴスがいるこの森に気付いたくらいだから、もしかしたらマナの感知や、そういった魂の性質を見抜く力に優れた能力を持っているのかもしれないな。

「はぁ〜、ほんとにあんたは……まぁ。だからこそすぐにここがわからなかったんでしょうけどね……わかってたら、わざわざデミウルゴス様たちを襲ったりしないで、直にここへ乗り込んできてたでしょうから、ある意味では、そのずぼらさに助けられたのかしら……」

「おう！　感謝しろよ！」

「何でそこで偉そうにふんぞり返れるのよ!?　バカなの!?」

「はうん！　あぁ、いい……その罵倒……もっとくれ……」

「気持ち悪いわよ！　くねくねすんな！」

「あぁん！」

なにやら二人で楽しそうにじゃれあい始めた。

俺は視線をデミウルゴスに移動させて、脱線した話を戻しにかかった。

「デミウルゴス、俺はもう人間じゃない……そういうことでいいんだな？」

「そう、じゃな……確かに生物的な分類で言えば旦那様はもう純粋な人間とは呼べんじゃろう……その、黙っていて、すまなかったのじゃ」

「いや……お前は俺を助けてくれたんだ。それを感謝こそすれ、恨むなんてことはない」

俺のことを思って、言えなかったのだということはいくら鈍感な俺でもわかる。それに、どうせ俺は一度死んだ身だ。そこをデミウルゴスに救われた。その結果として、確かに俺は人間という存在ではなくなった——だが、それで俺の心まで変化したわけじゃない。

体は人間でなくとも、俺がアレスという存在であり続けられるのであれば、俺が人間かそうでないかなど、瑣末な問題なのかもしれない……って、さすがにまだそこまで開き直るのは無理だが……

「それに、俺はデミウルゴスと近い存在になれたってことだろ？　それはつまり、夫婦としては最高の状態ってことじゃないか」

これは、俺の嘘偽りない思いだ。体が人間でなくなったショックは大きいが、それよりもデミウルゴスに近づけたことは何にも代えがたい。そう考えることで、前向きな気持ちにもなれるというものだ。

「はぅ！　……だ、旦那様、その真っ直ぐな言い方はずるいのじゃ…………濡れてしまうじゃろうが（ぼそぼそ）……」

「いや、俺は別に本当にそう思ったから言っただけで」

「ああ、もうよい！　主の気持ちはようわかったわ！　…………これ以上言われたら、この場で旦那様を押し倒してしまいそうじゃ（ぼそぼそ）……」

「え？　何て？　さっきから後半部分がよく聞き取れないんだが……」

「な、何でもない！　気にするでない！」

「そ、そうか？」

何でもない、ってこともないだろうに。そんなに顔を真っ赤にしておいて。まぁ、別に俺の言葉を疑ったりとか、そういう反応が返ってこなかっただけいいか。様子を見るに、何か恥ずかしがっているだけのような気もするしな。

というか、俺も今更ながらクサイ台詞を吐いてしまったことに、ちょっと恥ずかしくなってきた。

「主様、顔、真っ赤……」

「はい。まさかお母様が、このようなお顔をされるなんて……本当に、お二人は夫婦になっているのですね」

俺とデミウルゴスが二人して顔を赤くしていると、龍神とベヒーモスの会話が聞こえてきた。

「アレス、強かった……主様が認めたの、納得……」

「ええ、そうですね……わたくしもあの方の戦闘は見ておりましたが、確かな実力を見せていただきました。戦ってみなければハッキリとは言えませんが、わたくしでも勝てるかどうか……」

「うん……強いオスなら、大歓迎……」

な、何だか妙に褒められているような気がするな。少しくすぐったさを感じる。

「うむ。我が伴侶がこう｜て二人にも認められたと思うと、我も誇らしい気分じゃ」

デミウルゴスも二人の会話を聞いていたらしい。俺を見上げてきて、嬉しそうに微笑んでくれる。思わずドキリと心臓が高鳴ってしまった。くそっ、抱きしめたくなっちまうだろうが。

「ボクにとって、人間はただ殺すだけの相手だった……けど……あのオスはそもそも、もう人間じゃない……しかも、ボクより確実に強い……うん……」

「？　べヒーモス、どうかしたのですか？」

「うん……ちょっと……」

と、不意にべヒーモスが立ち上がると、俺の前まで移動してきた。すると何を思ったのか、ぺたんと正面に座り込んで。

「えい……」

俺の腰に抱きついてきた。

「え……？」

「なっ!?　何をしておるのじゃべヒーモス!?」

「主様だけ、強いオス、独占するの、ずるい……ボクも、この男と交尾、する……」

「なぁ!?」

は？　コウビ？　こうび……交尾？　…………………………交尾!?

「はぁっ!?」

ベヒーモスの耳を疑うような発言に、俺は素っ頓狂な声を上げてしまった。デミウルゴスも大きく目を見開き、口がぽかんと開いている。

「あ、あらあら……」

「おっ、なんだなんだ？」

「ちょ、ベヒーモス!?　こ、交尾って!?」

龍神、ティターン、フェニックスも、三者三様の反応を見せる。

「ま、待たれよベヒーモス！　お前は一体何を申しておるのだ!?　こ、交尾じゃと!?　だ、誰と誰がじゃ!?」

「ボクと、アレス……優秀なオスの子種は独占すべきじゃない……むしろ……」

ちょ、ちょっと待て！　何だ？　何がどうしていきなりこんな……というか、いきなり交尾とか言われても困るんだが!?

「自然界で優秀なオスはハーレムを作る……子供いっぱい……むふぅ……」

「むふぅ、ではない！　ダメじゃダメじゃ！　いかにお前といえど、我の良人《おっと》に手を出すことは許さんぞ！」

「これは主様のためにもなる……ボクとこのオスとの間に強い子供が産まれる……人間、今よりいっぱい殺せる……」

「今は人間を無理に根絶やしにする必要はない！　世界樹さえ育てば、世界は安定へと向かうのじゃ！　何もそこまでして強い固体を生み出さずともよい！」

「それでも……優秀な子供を後世に残そうと思うのは、生物の本能……」

「だからといって、旦那様とのエッチなど許せるわけがないであろうが!!」

腰に抱きついて離れないベヒーモスを、デミウルゴスは眉を逆立てて引き剥がそうとする。

しかし、がっしりと腰にしがみついたベヒーモスの力はすさまじく、全然離れる様子がない。

と言うか……

「いだだだだだだだっ!!」

折れる！　俺の腰が小枝みたいにぽっきりと折れる!!　ギリギリと万力のごとき力で腰を締め付けるベヒーモス。デミウルゴスも強引に引き剥がそうとしてくるため彼女も余計に力が入っているようだ。もはや俺の腰はベアハッグを決められている状態である。

「ええい！　離さぬかベヒーモス！　旦那様が痛がっておるじゃろうが！」

「嫌……強いオスとの交尾はメスの悲願……主様に傷を負わせるだけの力をもった個体なら、なおのこと共有財産にすべき……！」

「そんなことは許さぬ！　というか、その者は我の物じゃ！　誰にも渡さぬのじゃ！」

「……主様、わがまま……独占欲、強すぎ……」

「いきなり帰ってきて人の良人を食おうとしておるお前が何を言うか！」

やいのやいのと、俺を巡って獣耳の白髪少女と銀髪美少女が言い争いを繰り広げる。

世間的に見れば今の俺の状況は羨ましがられるものに違いない。

だが、どう考えてもこのまま行くと、俺はあと数秒で落ちる……！

ベヒーモスの締め技が完璧にきまっているため、俺の腰がギチギチと嫌な音を鳴らしていた。

あ、やばい……本格的に意識が……

「オスはいっぱいのメスを孕ませることに喜びを見出す……それがオスの本能……」

「旦那様をその辺の獣《けだもの》と一緒にするでないわ！　こやつが愛を注ぐのは我だけじゃ！　子種を注がれるのも我だけじゃ!!」

「ずるい……このオスの子種、ボクだってほしい……龍神たちだって、欲しいでしょ……？」

俺の腰を締め付けたまま、ベヒーモスが後ろの三人に問いかける。

「え!?　わ、わたしはいらないわよ！　そんな奴の種なんて！」

「オレ、あんまそういうのに興味は……あ、でも嫌がるオレを無理やり組み敷いて、強引に中に出される、ってのは燃えるかもな……はぁ、はぁ……！」

「あらあら、いけませんよベヒーモス。お母様のものに手を出しては……ただ、わたくしたちと番になれるほどの男性はほとんどいないでしょうから、ベヒーモスの気持ちもわからなくはないですけど……」

フェニックスは即座に否定。ティターンはなにやら妖しい笑みを浮かべ、龍神はのほほんとした様子でベヒーモスを嗜める。

しかしその間もデミウルゴスとベヒーモスの攻防は続き、俺の腰はいよいよ限界であった。

「ええい！　いい加減に離さぬかベヒーモス！　旦那様は絶対に渡さぬ～!!」

「ボクだって交尾したい……強いオスの子種、欲しい……！」

「お、お前ら、いい加減……離して……死ぬ……」

※

「む〜……」

夜。デミウルゴスはいまだお冠であった。

最近は俺と一緒に寝ようとはしなかったデミウルゴスが、今日は俺を何かからガードするように寄り添っている。

「ベヒーモスめ……戻って早々に旦那様に目を付けるとは……油断ならん奴じゃ……」

大きな樹のウロを利用して作った簡易的な寝床。

デミウルゴスは既に服を脱ぎ、いつもの就寝スタイルで俺の体にしがみついていた。柔らかい体が押し付けられて落ち着かない。

結局あの後。ベヒーモスは龍神によって説得され、渋々といった様子で俺から離れてくれた。

だが、去り際に「絶対に、子種、奪取……じゅる……」とか、恐ろしい言葉を残して、手ごろな寝床を求めて森へと消えていった。

余談だが、四強魔たち……フェニックスもティターンも、自分の寝床は自分で勝手に作り、そこで寝泊りをしている。今日エルフの森に合流した龍神とベヒーモスも、自らに適した寝床を作り、そこで眠るのだそうだ。

それと、明日からさっそく世界樹の育成に、龍神とベヒーモスも参加するということで話は決まった。今以上にアニマクリスタルの収穫が見込めるうえ、あの二人が保有するマナの一部を世界樹に与えてくれるそうだ。

　これでまた、世界滅亡の回避に一歩近づいたと言っていいだろう。

　だが、喜んでばかりもいられない。

「旦那様は我の物じゃ……絶対に他の女に渡してなるものか……たとえそれが、身内であっても……」

　素肌を晒した状態で、警戒心まで赤裸々に剥き出しにしているデミウルゴス。

　つい昨日までは、俺と距離を取っていたというのに、今では全力で俺にひっついて離れない。それ自体は非常に嬉しいことなのだが、彼女の表情は不機嫌一色。それというのも全て、ベヒーモスが俺に性交を迫ってきたためだ。デミウルゴスは思いのほか独占欲が強いらしく、俺を取られまいとこうしてすぐ近くで横になっている。

　これでは夫婦間の甘い雰囲気に発展するはずもなく、俺はデミウルゴスと久方ぶりに肌を合わせているというのに、なんとも寂しい限りである。ただ、俺はそれ以上にかなりの安堵も覚えていた。こんな状況だというのに、口元には笑みが浮かんでしまう。

「む？　旦那様よ、何を笑っておるのじゃ！」

　と、こんな暗い中でも俺の表情に目ざとく気付いたデミウルゴスが、ジト目で睨みつけてくる。だが、今の俺はそれすらも愛おしく感じてしまい、頬の緩みを抑えられずにいた。

「もしや、ベヒーモスに言い寄られていい気になっておるのではあるまいな!?」

　声に険を滲ませて、怒りを露にするデミウルゴス。

俺は彼女の目をまっすぐに見つめて、自分の気持ちを正直に話すことにした。

「悪い悪い……ただ少し、安心しちまってな」

「む!? 安心とはなんじゃ! 我はベヒーモスが夜這いでもかけてこないか、ずっと気を揉んでおるというのに!」

なるほど。ガードするように、ではなく、本当に俺のことをベヒーモスからガードするために添い寝してくれているようだ。ますますこの銀髪の創造神様が愛らしく映る。

「その、なんていうかな……俺、実は今日までずっと、お前に避けられてるんじゃないかって、思ってたから……」

「我が旦那様を避ける? 一体何を言っておるのじゃ? 我は一度たりとも、旦那様を避けたりなどしておらぬ」

自覚なしか。ということは、ああして俺との接触を極力避けていたのは、俺との初体験に対して何か思うところがあったってわけでもなさそうだな。

今の言葉を聞いて、より俺は胸の中でつかえていたものが取れた気分であった。

俺は肩をいからせるデミウルゴスをそっと抱き寄せて、その柔らかい体をそっと包み込んだ。

「初めて結ばれた日からさ、俺たち、まだ一度もその、してないだろ?」

「していないとは、情交のことかの?」

「ああ……正直さ、あの後はティターンのこととか色々あって、全然お前とそういう雰囲気になれなくて……でも、いざそれも落ち着いたと思ったら、お前は俺に触れるのを避けるみたいにしてたから……」

「いやっ、それは違っ……！」

「てっきり、俺から求められるのを嫌《いや》がってるんじゃないかって……もしかしたら、初めての経験で、俺はお前に辛い思いをさせちまったんじゃないか……だから、体を求められるのを怖がって、避けられてるんじゃないかと……最悪、嫌われたんじゃ……」

「そ、そのようなことはない！　我だって、主《ぬし》と目一杯、愛を育みたいと思っておったのじゃ！　ましてや主を嫌いになるなど、あるわけがないであろうが！」

「なら、どうして俺を避けてたんだ？　これでも、結構に気にしてたんぞ？」

「う……それは悪かったのじゃ……じゃが、仕方がなかったのじゃよ……じゃって、そうせぬと……我が、旦那様を求めて、求めて……歯止めが利かなくなりそうだったんじゃもん！」

思いがけず出て来たデミウルゴスからの告白に、俺は顔をかぁっと熱くさせてしまう。それだけではなく、同時に心臓がドキドキとやかましいくらいに高鳴ってしまった。

というか「じゃもん！」って、可愛すぎだろ……

「あの夜から、何度主と肌を重ねたいと……抱いて欲しいと思ったかわからぬ……」

ぎゅう、とデミウルゴスが更に強く密着してくる。瞳を潤ませた彼女に見つめられると、胸の中が勢いよく熱くなっていく。

「じゃが、そんなことばかり考えておる女子《おなご》じゃと主に思われたらどうしようと……主に嫌われとうない……嫌われるくらいなら、この情欲は内に秘しておこうと、ずっと我慢しておったのじゃ！」

ああ、もうやめてくれ！　そんな可愛い理由で避けられていたなんて言われたら、俺は自分の鼓動だけで死ねてしまう。いや、そもそもだ。

「俺は、どれだけお前から求めてきたって、どれだけエッチだって、嫌いになるわけがない……むしろ、俺としてはもっとお前と愛し合いたい……何度でも、何度でもだ」

「だ、旦那様……うむっ!?」

俺は顔を真っ赤に染め上げたデミウルゴスの頭をそっと抱えると、彼女の濡れた唇に自分の唇を重ねた。

「デミウルゴス……今日、何で俺がベヒーモスとの試合をすぐに受け入れたと思う？」

「む。それは、ベヒーモスが実力を示してみろと挑発してきたから」

「違う。いや、それもないわけじゃないが、そんなことよりもな」

俺はデミウルゴスの瞳を真っ直ぐに見つめる。どことなく、デミウルゴスの頬に差した赤みが強くなった気がする。

「俺が、お前に相応しい男だってことを、四強魔の全員に知ってもらいたかったからだ」

「ぴゅっ!?　だ、だんにゃさま!?　にゃ、にゃにを、急に！」

頬の朱が顔全体に広がり、噛み噛みになっているデミウルゴス。かなり動揺している様子だ。

とはいえ、俺も顔が熱くなっているのだが。

「ベヒーモスが龍神に言ってただろ……『主様の隣に相応しくない男がいるのを許せるのか』っ

てさ……俺、アレ聞いてけっこうカチンときたんだぞ」

あれは、デミウルゴスの隣にいる資格があるのかと問われることも同様だ。ベヒーモスの感情を頭では理解できても、感情的な部分では冷静になりきれず、その問いかけをされたことに腹が立った。俺以外の男がこいつに相応しいなどありえないと、まるで傲慢な考えが頭に浮かび……しかしそんな汚い感情を覆い隠すように。ベヒーモスと戦う正当な理由を頭に並びたてて、勝負を了承したのだ。

「初めての夜に、俺は言ったな……お前を本気で好きになるって……もう俺は、どうあってもお前を手放せないくらいに、好きになっているみたいだ……あの時はハッキリした答えを返せなかったが、今なら自信を持って言える……」

呆けたように目を丸くするデミウルゴスの腰に腕を回し、彼女の頬に俺は手を添えた。

「俺はお前が好きだ、デミウルゴス……本気で、愛している」

「だ、旦那様、それは本当……うむっ!?」

みなまで言わせることなく、俺はデミウルゴスの口を塞いだ。いかに俺の大事な妻とはいえ、俺の気持ちを疑るような言葉は聞きたくない。俺は彼女の唇を強引に奪い、貪るようにキスを交わす。

今までお預けを食らっていた状態だからこそ、デミウルゴスが欲しいという気持ちが止まらない。しかもこうなった理由……彼女が俺を避けていた理由というのが『俺を求めすぎるから』などと聞かされては、理性など保ちようがない。というか、こいつはそれを狙ってやってたんじゃなかろうか。

とてもじゃないが、今日の俺はこのまま終わることなんてできそうもない。目の前にいる愛おしい彼女のことを、滅茶苦茶にしてしまいたいという欲求が膨れ上がって止まらないのだ。

「だ、旦那様、そんな、強引……ん、む……っ!?」

「ん……ちゅっ……」

唇をついばむようなキスから、今度は相手の唇を割り開き、舌を強引に口内へと潜り込ませる。

「はぁ……だんな、さま……ちゅ、くちゅ……れろ……あ、はげし……んん～！」

僅かに外から差し込む月明かりが、真っ暗なウロの中を僅かに照らし、とろけたデミウルゴスの顔を俺に見せてくれる。

「綺麗だ、デミウルゴス……俺は今日、お前を抱くぞ……愛する妻として」

「うむ、よいぞ……なればもう、我も抑えぬ……今夜の我は、旦那様をただ求めるだけの、一人の女になってしまうぞ？　よいのじゃな？」

「それは、むしろ俺としても望むところだな……ん、ちゅ……」

「ちゅ……ああ、旦那様……我も、愛しておる……」

その夜、俺とデミウルゴスは、これまでの時間を埋めるがごとくお互いを求め合い、貪りあった。闇の中に木霊する彼女の嬌声に、俺の中に眠るオスの本能が刺激される。

初体験以来の営みは以前にもまして激しく……夜通し行われた情交は、空が白むころまで続いたのだった――

三章　世界樹の精霊と皆の家

「旦那様、ほれ、あ〜ん、じゃ……」

朝食の席（と言っても、地面にベタッと座ってのワイルドな食事風景だが）でのこと。

最近はお決まりになっているホーリーアップルとキルラビットの干し肉という、超高級食材と子供のおやつ価格の食材が並ぶなんともバランスの悪い食事をしている時だった。

傍らでは、デミウルゴスが甲斐甲斐しく俺の口に食べ物を運び、それを口にする度に花が咲いたような笑みを見せていた。

「……何よ、これ？」

俺たちのちょうど真正面で干し肉をかじっていたフェニックスが、目を点にしている。

「夕べのデミウルゴス様、あんなに不機嫌そうだったのに、一晩でいったい何が……」

「さぁな……まぁでも変にギスギスしてるよか、だいぶいいんじゃねぇのか」

「ティターン、あんたって本当に何もかも雑に考えるのね」

「こまけぇことは気にしないってだけだろうがよ」

「それが雑だって言ってんの……それにしても、これは……」

フェニックスが向ける視線の先にいるのは、もちろんデミウルゴスだ。俺に体をすり寄せて、ゼロ距離の密着状態。昨晩の怒り心頭といった様子とは一変している主の姿に、フェニックスは驚愕を隠せないようだった。

俺としても、ここまでデミウルゴスが露骨に甘えたような仕草を見せてきたことに、若干驚いてはいた。

昨夜は半月ぶりにデミウルゴスと肌を重ね、ほぼ一晩中行為に耽っていた。空に太陽が昇り始める頃になって、二人して疲労から眠りについたのだが、ほとんど仮眠に近い睡眠しか取らずに目を覚ましてしまった。それと……夜の間ずっと「そういうこと」をしていたせいか、行為の残滓《ざんし》が体中に残ってしまい、皆が起きてくる前に後処理を済ませてる必要があった。結局、ほとんど睡眠をとらないまま色々と身支度をして、今に至るというわけだ。

「あらあら。お母様、夕べは何かいいことがあったのでしょうか？　とてもいい笑顔ですねぇ」

「すんすん……これは……ヤッてる……むぅ～……主様だけ、ずるい……」

「まぁ……では昨晩はお母様とアレス様で……ふふ、仲がよいのはいいことです」

「確かに、仲がいいに越したことはない……でも、独占するのはずるい、と思う……むぅ……」

「あらあら……こちらはこちらでやきもち……困りましたねぇ。ふふ……」

そんな会話を鼓膜で拾い、そちらに目を向ければ、昨日俺たちに合流した龍神とベヒーモスの姿が。

ベヒーモスは鼻をひくひくとさせて、何やらにおいを嗅いでいた。俺は咄嗟に自分の体からデミウルゴスとのにおいが残っていないかを確かめるが、もちろんにおわない。だが、ベヒーモスはどうやら嗅覚が優れているようだ。俺たちが性行為に及んだことに気付かれたらしい。

そのせいか、その眠たげな瞳に不満の色を宿らせていた。

「旦那様よ、夕べはいっぱい動いたのじゃから、しっかりと食べねばダメじゃぞ……ほれ、あ～ん、じゃよ」

だが、デミウルゴスはそんな彼女のことなど気にした様子もなく、尚も俺に「あ～ん」で食事を続けさせた。

※

「さて、それでは今日も日課を済ませてしまうとしようかの……じゃが今日は、龍神、ベヒーモス……二人を世界樹の種子まで案内するゆえ、付いて参れ」

「はい、お母様」

「りょうか～い……」

食事を終え、少しの腹休めを挟んですぐ、デミウルゴスは龍神とベヒーモスを世界樹の種子まで案内する。むろん、俺、フェニックス、ティターンも一緒に付いて行く。

龍神とベヒーモスが世界樹の種子にちょっかいを出す可能性もゼロではないとは思うが、意図的ではなくとも、偶発的に、ということもある。世界樹はこの世界を救うための要だ。色々と、用心し過ぎる、ということはないのだ。

「着いたぞ。アレが、この世界の希望……世界樹の種子じゃ」

「すごいマナの濃度……ちょっと、びっくり……」

「うむ、確かに純度の高いマナを放出してはおる。じゃが、まだアレはあくまでも種子の状態……あのままではとても世界は支えられぬ」

　森の中にぽっかりと口を開けた円形の広場。その中央が小高い丘となっており、その頂点に世界樹の種子は鎮座している。美しい水晶のような見た目をした種子。俺が初めて目にしたときよりも、多少はマナの密度が濃くなっていた。たとえ僅かでも、アニマクリスタルを与えていた成果はあったということなのだろう。

　ただ、それでもまだ種子は芽吹いてはいない。やはり、早急にアニマクリスタルを効率的に回収する術を模索した方がいいだろうな。このままでは、いつまでたっても世界樹の成長は遅々として進まない。

「今日は、お前たち二人のマナを、世界樹に向けて注いで欲しい。フェニックスたち同様、あまり体に残っておるマナは多くはないじゃろう……じゃが、それを承知で頼みたい」

「お母様からの頼みとあれば、わたくしのマナを世界樹に与えることに異議などございません。いくらでも、この身のマナをお使い下さい」

「同じく……」

「感謝するぞ、二人とも。では、さっそく始めてくれ」

「「はい（お〜……）」」

龍神、ベヒーモスは世界樹の種子に近づき、触れた。途端、強力なマナが二人から種子に向かって流れていき、まるで脈動するかのように水晶の中で光が明滅する。

「おお……さすがじゃのう……種子から強力なマナの気配を感じ始めたぞ……これならば、もしかすると……」

急速に膨れ上がっていく種子のマナ。種子は徐々にその光量を増していき、次の瞬間にはあたり一面を覆い尽くすほどの光が溢れた。

「っ!? 何だ!?」

思わず、俺たちは手で目を覆う。

広場を埋め尽くしていた光の奔流は数秒で収まり、ぼやける視界が回復した時、俺たちの目に飛び込んできたのは……

「出た……ついに、出おったぞ……世界樹の種子が、ようやく芽吹いたのじゃ!!」

これまでにないほど歓喜の声を上げるデミウルゴスの視線を追えば、そこには地面に小さく双葉を茂らせた苗が芽吹いていた。薄っすらと苗の周囲にはマナの光が溢れ、苗と同じく新緑に光っている。種子と比べてもまだそこまでマナの濃さに変化はないが、見た目が大きく変化したことに俺も胸にこみ上げてくるものがあった。

「ようやく……これで第一歩じゃ……この苗木が、これから太く、逞しく成長を遂げれば、いずれはこの世界を支える大いなる大樹へとその姿を変えるじゃろう」

デミウルゴスは苗の前に膝を突き、愛おしそうに苗の葉をそっと撫でた。

「おめでとうございます、お母様」

「おめ……」

「おめでとうございます！　デミウルゴス様！」

「まぁ、めでてぇんじゃねぇか」

「うむ……これもお前たち全員の協力があってこそじゃ、ほんに感謝しておる。そして、これからも我と一緒に、この世界樹を見守っていってくれ！」

「「「はい！（お～……）（おう）」」」

　四強魔たちが一斉に頷く。ついこの前は敵対しそうになっていたティターンも、今では世界樹の育成に協力してくれている。更には龍神、ベヒーモスもこれからは一緒に世界樹を育てる仲間になるのだ。頼もしいことこの上ない。

「旦那様！　ついに、ついに種子が芽吹いたのじゃ！　一時はこの世界の滅亡も覚悟しておったが、こうして今では希望を持つことができておる。それもこれも、全ては旦那様が我の手を取ってくれたからじゃ、誠に感謝しておる！」

「ああ、俺も世界の希望が新しい成長を遂げたこと、嬉しく思う……これからも、一緒に世界樹を……俺たち全員で大樹まで導くんだ」

「うむうむ！　その通りじゃな！　ああ……今日はなんとめでたい日じゃ……これは何か、祝いをしたい気分じゃのう」

　いつも以上に浮かれている様子のデミウルゴス。やはり世界樹の成長は彼女にとっては何よりも喜ばしいことなのだろう。

ただ、俺にもほとんど見たことがないような満面の笑みを、この小さな苗木が引き出しているのだと考えると、ちょっとだけ嫉妬の感情を覚えてしまう。

「めでたいのじゃ……ふふ……めでたいのう……」

とはいえ、こうまで裏表なく素直に喜んでいる妻の姿を見てる分には、俺のちっぽけな嫉妬心など、どうでもよくなってくる。今は純粋に、世界樹が成長したことを喜ぶことにしよう。

と、そんなことを考えていると、

「む、なんじゃ？　苗からマナが溢れて……」

突然、世界樹の苗木からマナの光が溢れ出したのだ。

「これは、もしや……」

しかし、デミウルゴスはこの現象がなんなのか、見当がついている様子だ。ほとんど慌ててはいなかった。

「デミウルゴス、これは……」

「旦那様……おそらくこの気配は、あやつの……」

「「「…………」」」

デミウルゴスと四強魔たちが見守る中、マナは一箇所に集まり、大きさ一メートルほどの卵のような形になったかと思ったら、

「なっ!?」

マナの卵はすぐに割れて、中から小さな女の子が出てきた。

年の見た目は十代になるかならないかくらいか。若草色の長髪はゆるくウェーブが掛かっており、そっと開かれた瞳は瑠璃のごとき神秘的な光を湛えている。幼いながらも将来性を感じさせる愛らしい顔立ち。衣服は一切まとっておらず、未成熟な体つきが全て露になっていた。

ただ、なんとなくだが彼女の容姿は……デミウルゴスに、似てる？

「やはりお主であったか、世界樹の精霊――【ユグドラシル】」

「……久しぶり。デミウルゴス」

「うむ、久しいのう」

デミウルゴスからユグドラシルと呼ばれた少女は、淡く笑みを浮かべながら、そっと地面に降り立った。

……裸だ。

「ふわぁ～……ああ～、現世で目覚めるのって、何年ぶりかしらね～……う～ん……体ガチガチになっちゃってるよ～」

世界樹の種子が、ようやく苗木になったかと思ったら、その感動も覚めぬうちから、いきなり今度は素っ裸の幼女が目の前に現れた……

えええぇっ!?

いやちょっと待て！　何だこれ!?

「旦那様」

「お、おう？」

と、俺が現状の理解に頭を抱えていたら、不意にデミウルゴスから声がかかった。

「こやつは世界樹の精霊で、名をユグドラシルという。一応、我とは姉妹のような存在だと思ってくれて構わん」

「そ、そうなのか……なるほど……」

いや……いやいやいやいや！　それだけの紹介じゃ全く彼女のことがわからないんだけど!?　というかそもそも『世界樹の精霊』ってなんだよ？　もう少し説明を……うん？　いや待てよ。

世界樹の精霊、って単語は、前にどっかで聞いたことがあったような……

あ、そうだ。確かこの前、ティターンが俺たちを襲ってきた時にデミウルゴスが、

『ティターンは【世界樹の精霊】から、種子について聞き出したのじゃろう』

あの時はそれがどんな存在なのか聞き出せるような余裕はなかったから、そのまま流れてしまったんだった。

「ユグドラシルよ、紹介しておこう。こやつはアレス。今は我と共に、お主を大樹にまで育てる手伝いをしてもらっておる」

「ふふ、知ってるよ～。デミウルゴスの……ディーちゃんの旦那様、だよね～？　初めまして！　あたしは世界樹の精霊をやってる、ユグドラシルです！　よろしくね、アー君！」

「あ、ああ……よろしく」

ア、アー君って……いきなりフランクだな。
デミウルゴスのことも、ディーちゃん、って……なんというか、ものすごくフレンドリーな感じがするな、この子。

「ユグドラシルよ、そのディーちゃんというのはやめよ、あまりにも子供っぽ過ぎる」

「ええっ！　ディーちゃんはディーちゃんだよ～！　昔はそう呼んでたんだから、別にいいでしょ～？」

「お主は仮にも世界の要たる世界樹の精霊であろうが……もっと威厳というものをじゃの……」

「そんなものはいりません！　それに威厳って意味なら、アー君にベタベタに甘えてるディーちゃんの方がよっぽど……昨日の夜だってずっとあんあん……」

「ああもうわかったわかった！　もうよい！　ディーちゃんでもなんでも好きに呼ぶがよいわ！」

「言われなくてもそうするよ～」

「全く、お主は……昔っから全然変わらぬのう」

「えへへ～、そんな褒めないでよぉ～」

「褒めとらんわ！」

おお、あのデミウルゴスが完全に振り回されている。もう俺の中では、初めて出会ったときに抱いたデミウルゴスのミステリアスな雰囲気は完全に消し飛んでいた。

それはある意味親しみが増した結果と言えるのだろうが、俺と接しているのとはまた別の、本当の家族と接しているような気安さが今のデミウルゴスからは感じられた。遠慮のない物言いをし合える仲。目の前で繰り広げられている掛け合いには、相手への絶対的な信頼が見て取れる。

しかし俺としては、まずこの言葉を言わせてほしい。

――ユグドラシルとやら、服を着てくれ!!

※

「いや～、ディーちゃんは相変わらずの堅物だねぇ～」

「お主が奔放すぎるのじゃ！」

「ええ～？　そんなことないってば～」

その後、デミウルゴスに服を創造してもらったユグドラシルは、相も変わらずデミウルゴスと楽しそうに会話に花を咲かせている。

天真爛漫、自由奔放。

とにかくユグドラシルはよく笑う。更に言えばデミウルゴスをからかって楽しんでいるようだった。俺と四強魔はそんな二人の様子を少し離れた位置で見守っている。

「あの方がユグドラシル様……お母様と共にこの世界の創世記から存在する大樹の精霊……」

「でもデミウルゴス様とはなんというか、性格が全然似てないわね」

「うん……見た目は何となく似てるのにね……対照的……」

「…………あいつが、世界樹の……直接姿を見るのは初めてだな……」

龍神、フェニックス、ベヒーモスはユグドラシルと会うのは初めてなようだ。四強魔の中で唯一ユグドラシルと言葉を交わしたことがあるのはティターンだが、彼女は目を細めてどこか面白くなさそうに腕を組んでいる。

「こんにちは～、あなたたちがデミウルゴスが言ってた四強魔ね？　ティターン以外は初めまして～！　あたしはユグドラシル。これからよろしくね～！」

ユグドラシルが俺たちのところまで歩いてくると、おもむろに自己紹介をし始めた。彼女の後ろから、ぐったりした様子のデミウルゴスが追い付いてくる。こんな風に消耗している感じのデミウルゴスを見るのも初めてだ。

「よ、よろしくお願いします！　ユグドラシル様！」

「ああ。あなたがフェニックスね。そんなに畏まらなくてもいいよ～。もっと気軽に、『ユ～ちゃん』って呼んでくれていいんだからね～。その代わり、あたしも君のこと、『フ～ちゃん』って呼ぶから」

「そ、そんな！　畏れ多いです！」

「あらら……フ～ちゃんは固いねぇ～。ほら、もっとリラックス、リラックス～！」

「あ、あうあう～～」

「これユグドラシルよ。あまりこやつを困らすでない」

「ぷ～……まぁ仕方ないか。おいおい慣れてもらえばいいんだしね～。というわけでフ～ちゃん、改めてよろしく～」

「は、はい！」

ユグドラシルが差し出した手を、フェニックスは緊張した面持ちでがしっと両手で握る。もう完全にガッチガチである。

「それで～、あなたはベヒーモスね？」

「そう……」

「そっかそっか！　ええと、ベヒーモスだから、『べ～ちゃん』……は可愛くないわね……うん！　なら『ヒ～ちゃん』！　これに決定！　それじゃ、よっろしく～！」

「よろ～……」

ベヒーモスに関しては非常にマイペースに対応していた。眠たげな瞳でユグドラシルを見つめ、ぽけ～っと片手を上げて応じる。

「う～む……君は何を考えているのかよくわからない感じだね！　何か面白い！」

「そう……？　ボク、褒められてる……？」

「もちろん！」

「わ～い……」

……何だ、この妙なやりとり？

マイペース同士が会話すると、こんな風になるのか？

片や出会ったその日に俺と交尾をしたいとか言い出してきたベヒーモスに、片やデミウルゴスをも翻弄するユグドラシル。

この二人は何か、変な波長でもあっているような感じがする。

「えとえと、それであなたが龍神？」

「はい、その通りです、『おば様』」

「おば!?　ええ!?　あたしってそんなに老けて見えるの!?」

「お母様とは姉妹のような間柄と聞いておりますし、わたくしとしましては、おば様が一番しっくりとくるものですから……あの、ダメ、でしょうか？」

「ええ～……う～ん……たしかに関係性でいえばおば様なのかもしれないけど～……う～ん、おば様……」

「あの、もしお嫌でしたら、別の呼び方に……」

「ううん！　いい！　あたしはおば様！　それも何か新鮮でいい！　それと、あなたは龍神だから、『りゅ～ちゃん』って呼ぶことにするね！　それでよろしく！」

「はいっ、宜しくお願いいたします、おば様」

ユグドラシルは立て続けに四強魔の内、三人と挨拶を交わしていく。そして、最後の一人、ティターンの前に、軽やかな足取りで歩み寄った。しかし、二人の雰囲気は先ほどまでの三人とは違い、どこか重たい空気を滲ませている。

「久しぶり、ティターン。あれから色々とあったみたいだね。君が持っていったマナ、全部返してもらったよ。本当は怒るべき所なんだろうけど、君のおかげで『新しいあたし』はこうして目覚めることができた……感謝するよ、『ターちゃん』♪」

「あん？　てめぇ、一体何を言って………ん？」

と、急にティターンは黙り込むと、視線を下げてなにやら考え込み始めた。しばらくすると、何かに気がついたかのように「はっ」とした表情を浮かべ、ガシガシと灰色の髪を掻き毟りはじめた。

「ちっ……ああくそっ、そういうことかよ……このクソ精霊……」

「ちょっと!?　ティターン！　あんたユグドラシル様になんて口の利き方してんのよ！」

「いいよフ～ちゃん。そんなに気にならないし。でも～……何であたしは舌打ちされちゃったのかな～？　それと、さすがに年上にクソは失礼だぞ～？」

態度の悪いティターンを諫めるように声を荒立てるフェニックスを、ユグドラシルは宥める。ティターンは心底不愉快といわんばかりに表情を歪め、ユグドラシルから視線をそらして再度舌打ちした。しかしユグドラシルは気を悪くした様子もなくニコニコと笑みを浮かべているだけだ。それがかえって俺には不気味に映ってしまう。

癪に障ったのか、ティターンは眉を吊り上げてユグドラシルを睨み付けた。

「……てめぇ、このオレを利用しやがっただろ……」

「んん～？　何のことかな～？」

「とぼけやがって……世界樹、てめぇオレに、マナの運び屋をさせやがったな」

ティターンが苛立ち混じりにそう口にすると、ユグドラシルは人好きのする笑みから、どこか意地の悪そうな笑みに表情を変化させた。

「あ、気付いたんだ。あはは、頭弱そうな見た目の割には、完璧におバカってわけでもないんだね」

「ちっ……このクソ精霊が……」

「ティターン。少々口が悪すぎじゃぞ。してユグドラシルよ。今のは一体どういうことじゃ？」

「ええと、実はねぇ～」

デミウルゴスが問いかけると、ユグドラシルは言葉の意味を説明し始めた。

――彼女いわく、事のあらましはこういうことらしい。

ユグドラシルは、自分の分身である新しい世界樹が生まれたことに歓喜し、老い先短い自分が抱えるマナを、少しでも新しい世界樹に分け与えようと考えたそうだ。デミウルゴスに意識を飛ばし、自分の体からマナを持っていってほしい、そう頼もうと思い至った。

しかし、デミウルゴスは世界樹の守護を任されている身である。ただでさえ枯れ掛けている先代の世界樹をこれ以上苦しめるような真似などできはしないだろう。ユグドラシルはデミウルゴスの性格をよく知っていた。ほぼ間違いなく、デミウルゴスは自分からマナを搾取するような真似はしない。別の方法で何とかしようとする。しかし、それでは世界樹の種子が芽吹くまでにかなりに時間が掛かってしまう。

どうしたものか、とユグドラシルは思考を巡らせた。

するとそこに、力を求めたティターンがやってきた、というわけである。

ここでユグドラシルは一計を案じた。

ティターンに自身のマナを奪わせ、世界樹の種子が生まれたという情報をリークする。そうすれば、力欲しさにティターンは種子を目指すだろうと踏んだ。

事実、ティターンは世界樹の種子を狙った。

だがユグドラシルは、俺という存在が種子の近くにいることを知っており、その力でティターンを倒してくれるだろうと期待していたようだ。

そうして倒されたティターンから、マナを種子に吸わせ、間接的に自分《先代》から種子《今代》にマナを与えることができる。

これこそが、ユグドラシルの計画していた内容の全貌、ということであった。

「――な、何という無茶をするのじゃお主は！　もしも旦那様がティターンに敗北しておったら、どうするつもりだったのじゃ!?」

「そこは心配してなかったかな。種子を通じてディーちゃんとアー君のことはずっと見てたし。フ～ちゃんにも勝って、ディーちゃんとの戦いでもあそこまで善戦したんだもん。ティターン……『ターちゃん』にだって勝てるって、あたしは信じてたよ」

「そ、それは我だって、旦那様が勝利することを疑ったりはしなかったが……それにしたってのう……」

ユグドラシルの話を聞いて、俺はティターンと初めて会った時に交わした会話で抱いた疑問に、答えを得ていた。

あの時、ティターンが口にしていた言葉……

『なぜ、オレが世界樹の種子について知っているか、だったか？　それはな、世界樹『そのもの』から聞いたからだ』

『あははっ！　仕舞いには痛みに我慢できなかったのか種子のことも吐いちまって、自分が助かろうとしたくらいだ。『死に掛けの自分よりもそっちの方が大量のマナを持ってる』とか言ってな！　いやはや、世界樹なんて言っても、所詮は生物か。大切な分身を売るとか、笑いが止まらなかったぜ！』

と、こう口にしていたのだ。

だが、これはどう考えてもおかしい。

確かに世界樹の種子は強力なマナを内包している。

だが、いくら枯れかけとはいえ、『大樹の状態である樹よりも、種子の方がマナを多く持っている』ということはない。現に、今代の世界樹はいまだ世界に向けてマナを放出しているのだ。仮にも世界を支えている大樹のマナと、生まれて間もない種子であれば、どちらがより多くのマナを持っているかなどわかりきったことだろう。

……まぁ、ティターンは気付かなかったようだが。

それはいいとして、俺はさすがに世界樹自身がこのようなわかりきったことを口にしたことに疑問を抱いた。仮に、本当に種子を売ったのだとしても稚拙に過ぎる嘘である。

……まぁ、ティターンけ気付かな（略）

それになにより、いくらなんでも世界樹ほどの存在が、自らが生み出した世界の希望を、易々と他者に売り渡すだろうか、という疑問もあった。

しかし、ユグドラシルから話を聞いて納得がいった。全ては、新しい世界樹に自らのマナを与えるための、ユグドラシルの計画だったのだ。

そのためにティターンを焚きつけ、世界樹の種子へと接触するように仕向けた。なるほど。これは確かにティターンとしては面白くない話だ。さすがに同情はできないがな。

「オレはまんまと、てめぇに利用されたってわけだ……くそっ」

「あはは、まぁこれが年長者の知恵ってやつだよ！　ちょっと博打的な要素はあったけど、結果としては上々だったね！　わははは！　あ、でもあまり怒らないでね。あたしだって、お肌をべりべりって引き裂かれたときは本気で痛かったんだから！　次にやったら、本気で怒っちゃうんだからね！　……う～ん、でもさっきからのターちゃんの態度はちょっとないよねぇ？　うん。やっぱり少しはお仕置きしなきゃね！　それじゃ、ほい、アー君」

「はい？」

矢継ぎ早に言葉を並べて表情をコロコロと変えるユグドラシル。彼女はどこから取り出したのか、その手には一本のツルが握られていた。それを俺に渡してくると、

「これで一晩、ターちゃんをその辺の樹に逆さに吊るしておいてね。それがあたしからの、お・し・お・き……あはっ♪」

「「……」」

その夜。思いがけず垣間見たユグドラシルの黒い部分に恐怖を覚え、俺は言われたとおり、ティターンの足にツルを括りつけて、一晩中逆さ吊りにした。

しかし翌朝、頭に血が上って顔を真っ赤にしながらも、どことなく恍惚の表情を浮かべるティターンの姿が、そこにはあった。

「あはは……やべぇ……これ、なんかいいかも……」

涎を頭に向かって零し、悦に浸るようなティターンの不気味な姿に、俺はかなりドン引きした……

※

ユグドラシルが目覚めた日からすでに五日が過ぎた頃。

俺はベヒーモス、龍神と共に、エルフの森の外に出ていた。

「さぁ、お母様のため、おば様のために、アニマクリスタル、い～っぱい集めますよぉ！」

「お～……」

拳を頭上に突き出して可愛らしく意気込む龍神と、気だるげな雰囲気を隠そうともせず同調するベヒーモス。

二人の後ろをついていき、俺は声を掛けた。

「この辺りに出てくる魔物は、キルラビットかグリーンスライムだ。お前たちなら怪我の心配はないと思うが、スライムはマナでできたお前たちの服は溶かすから気をつけろよ」

四強魔の着ている衣服はその素材が全てマナでできている。グリーンスライムは空気中のマナなどを体内に取り込んで栄養にしている魔物だ。

つまり、マナで構成された衣服も、彼らにとってはご馳走になってしまうのだ。ゆえに、体に触れた途端に溶かされてしまう危険がある。

「ご親切にありがとうございます。ですがわたくしの戦い方は遠距離からの魔法砲撃が主ですので、近づいての戦闘はほとんどありませんから大丈夫ですよ」

「ボクは、別に服くらいいくら溶かされても平気……そもそも溶かされる前に倒すから問題なし……むん……！」

ベヒーモス、羞恥心とかあまりなさそうなキャラだとは思っていたが、案の定というかなんというか。

男の俺がいる目の前で、いきなり肌を露出するという意味をもっと考えてほしい。

まぁ、言っても無駄だとは思うが。

何せこいつらは人間とは異なる感性で生きている。そもそも男に肌を晒すことへの抵抗とかそういうのが全くないのだ。

昨日も、俺とデミウルゴスが泉で水浴びをしているところに、ユグドラシルと共に突貫してきたくらいだ。

『ヒーちゃん！　とつげき〜〜!!』『お〜……』なんてことを口にしながら、本当に俺たちに向かって突撃してきやがったのだユグドラシルは俺たちをからかう目的で乱入してきたみたいで、可笑しそうにケラケラ笑っていた。しかもデミウルゴスの背後に回って、彼女の胸を鷲掴みにして遊んでたりもしたな。当然デミウルゴスはユグドラシルに眉を吊り上げて怒りを露にしていたが、俺としてはちょっと眼福、なんて思ってしまったのは内緒だ。

ちなみに、泉に突撃してきたのはユグドラシルやベヒーモスだけではなく、四強魔全員である。あのとき俺は、きっと己の理性を試されていたに違いない。泉の淵でずっと魔術公式を脳内暗唱していたよ。

だというのに、ベヒーモスは俺に対してまたしても『交尾、しよ……？』と迫ってくる始末だった。ユグドラシルの猛攻（？）によって足止めを食らっていたデミウルゴスの隙を突いての行動。当然ながら、俺はその場から一目散に逃げ出した。

ちなみに今朝、出かける時に俺がベヒーモスと一緒に森の外に出ようとしたところ、

『我も一緒に行くのじゃ！　危険なメス猫と旦那様が一緒に行動するなど、何があるかわからんではないか！』

などと言ってデミウルゴスが俺たちに同行しようとしてきたのだが、

『ああ、ダメダメ。ディーちゃんはあたしと一緒にやることがあるんだから。フーちゃんもターちゃんも、今日はあたしと一緒に行動してね～』

『なぁ!?　ユグドラシル！　邪魔をするでないわ！　このままでは旦那様が！　我の旦那様の旦那様がメス猫に食われてしまうのじゃ～！』

『はいはい、それでも今日はこっちを手伝ってね～』

『い～や～じゃ～!!』

と、なぜかユグドラシルに連れて行かれてしまったのである。

しかし、どうしてフェニックスやティターンまで？

デミウルゴスが連行されていく中、振り返ったユグドラシルは、俺に向かって、

『帰ってきたら面白いものが見れるかもしれないから、アニマクリスタルの回収、頑張ってきてねぇ～！』

と、気になることを言い残していったのだが……はて？　面白いもの？　一体ユグドラシルは何を考えているのだろうか。

彼女はなかなか掴めない性格をしているせいか、何をやらかすかわからない怖さがある。あれで世界創造の時からいる、いわば神様的な存在なのだから、世の中はまさしく不思議で満ちていると言わざるを得ない。

しかし何はともあれ、今はこうして龍神、ベヒーモスと狩りに出かけている。

俺が二人に同行しているのは、龍神の実力を見ておきたい、というのがあった。

フェニックスやティターン、ベヒーモスは出会い頭にいきなり戦闘となってしまったこともあり、結果としてどれだけの戦力を有しているかは確認ができている。

しかし、龍神に関しては今日まで一緒に狩りに出たことがないため、いまだどれだけの力を備え、かつどのような戦闘スタイルなのか全く不明なのだ。これから共に行動していくのだし、

彼女の戦力がどれほどのものなのかは知っておきたいところだ。

それと、ベヒーモスたちが戦闘でどれだけ連携を取れるかも見ておきたい。四強魔が一度に同じ場所に出現したというのは聞いたことがない。いざ集団戦となった時、こいつらは互いを意識して動けるのか……全く仲間を気に掛けず同士討ち、なんてことになれば目も当てられない。もしも単独で動いた方がいいようなら、個別に動かすことも考慮する必要がある。こいつらの持つ個々の戦力なら、よほどのことがない限り単独で行動させても問題はないだろうしな。

——魔物を探して始めてから、およそ数分後、ベヒーモスが空の一角に視線を向けた。

「……あっちから、来る……」

「は？　あっち……？」

ベヒーモスの言葉に従って、目線を上空に持っていくと、確かに西の方角から黒い小さな影がこちらに向かって来ているのが視界に入ってきた。

「あれは……何でしょうか？」

「わからない。俺もここで狩りを始めて一月以上経つが、空の魔物なんて見たことなかったからな」

この辺りで見かける魔物はキルラビットとグリーンスライムだけだった。他の魔物の姿を見たことはこれまで一度もなかったのだが……

「数、けっこう多い……」

「みたいだな」

徐々に大きくなってくる影。その数は目視できるだけで二十は軽く超えているだろう。

俺は『鑑定士』のジョブが持つ力、『鑑定眼』を発動し、迫ってくる影を解析した。

「【チープガルーダ】……B級指定の魔物だな」

視界に映る情報を読み取ると、空からの来客は俺も相手にしたことがある魔物であった。赤褐色の羽毛に覆われた、一頭が一メートルはある巨大な鳥型の魔物だ。口から炎を吐いて攻撃してくるため、上空から奇襲を受けると対処が難しい。対空戦闘の用意がないパーティーが、このチープガルーダの群れに壊滅させられたなんて話はよく耳にする。

中々に厄介な相手だな。

「あら、ガルーダということは、フェニックスがこの世界に生み出した魔物ですね」

「そうなのか？」

「はい。フェニックスは空に関係のある魔物を多く生み出しています。中でもガルーダは強力な個体が多かったと記憶してます」

おそらく、龍神が言っているのは『ガルダ』や『カルラ』のことだろう。こいつらもチープガルーダと同じように鳥型の魔物である。しかし、この二体はA級に指定されるほど強力な魔物たちだ。チープガルーダはガルダと似たような特徴を持っていることからそう名づけられてはいるが、固体としての強さはそこまでじゃない。

しかしチープガルーダは基本的に群れをなして行動し、数の利を活かしてこちらを攻めてくるため、非常に厄介な存在であることは同じだと言える。実際、群れをなしたチープガルーダの討伐ランクはAに格上げされることもあるくらいだ。

「あいつらの肉、なかなかうまい……でも、飛んでる魔物の相手するのは、めんどくさい……ねぇ、アレは無視しちゃダメ……？」

「あらあら、困った子ですねぇ……アニマクリスタルの回収はお母様が望んだことです。あれだけの数、倒せばかなりの量のアニマクリスタルが手に入るでしょう。きっと、お母様もおば様もお喜びになります」

「むぅ……わかった……仕方ない……殲滅する……！」

龍神の言葉に喝を入れられたベヒーモスから、濃度の高いマナが溢れ出す。

こちらの戦意に感化されたのか、上空のチープガルーダたちが一斉に俺たちへ向かって来るのが確認できた。

「ふふ……元気のいい鳥さんたちですねぇ……では、まずはわたくしが歓迎いたしましょう」

龍神もベヒーモス同様、体からマナを放出して臨戦態勢に入った。

すると、龍神の容姿に変化が生まれる。耳が少しだけ尖り、頭部から二本の鋭利な角が真っ直ぐに伸びていく。丸かった瞳孔も細くなり、どこか爬虫類を思わせるものに変化していた。

更には、彼女の腰の付け根あたりから鮮やかな蒼い鱗に覆われた、太く長い尻尾まで生えてきたのだ。

「お母様のため……世界のための礎になってください……『アクア・ショット――連《れん》』」

「うぉっ!?」

姿の変わった龍神が、右手をチープガルーダに向かって掲げる。途端、一気に六つもの魔法陣が彼女の正面で展開。魔法陣の中心では水の塊がふよふよとたゆたい、しかし次の瞬間には鋭く尖ったジャベリンのような形状へと変化する。

「射出……水弾六連」

龍神の言葉を合図に槍状の水が高速で打ち出された。

一直線に飛翔する水の槍は、下降してくるチープガルーダを一度に複数まとめて撃ち落とす。一匹に当たっても勢いは衰えず、貫通して後続のチープガルーダをも貫いてしまった。結果、龍神の一撃で計十体以上の魔物が葬られる。

すると、空から地面に向かって青い光を放つ結晶体が降り注いだ。

「ふふ……さぁ、どんどんいきますよぉ……って、あらら？」

にこやかな笑みを浮かべる龍神だが、彼女の迫力にチープガルーダどもは気勢を削がれて空へと逃げようと旋回する。

だが、そこにすかさず躍り出た影がひとつ。

「ダメ、逃がさない……」

ベヒーモスだ。いつの間にか、手足を既に獣化させている。

ぐしゃ！

「ど～ん……」

「うわぁ……」

上空に逃れようとするチープガルーダの群れの中に、凄まじい跳躍で飛び込んでいくベヒーモスは、獣化した腕を振りぬいて群れを先導していたと思われる体の大きな個体を地面に叩き落とした。衝撃で骨や肉がひしゃげる嫌な音が響き、そのまま絶命した。その凄惨な死に様に、俺は思わず顔を顰めてしまった。

統率者がいなくなったためか、群れは動きがちぐはぐになり、ベヒーモスに面白いくらいに叩き落とされたり、爪で引き裂かれたり、羽を引き千切られて落下したりと、惨憺《さんたん》たる有様であった。

しかも、いざ空高く逃れることができたとしても、

「襲い掛かってきておいて、背中を見せるのは感心しませんねぇ」

龍神の水魔法によって体を貫かれ、命を落とす結果となってしまう。

正直、俺の出る幕は完全になかった。

討伐ランクだけならAに該当するチープガルーダの群れが、何の抵抗も許されずに蹂躙されていくのだ。

もしもこの光景を冒険者が目にすれば、彼らはきっと自分の正気を疑うに違いない。それだけ、目の前で繰り広げられる光景は圧倒的で一方的であった。

時間にしておそらく十分も経ってはないだろう。

すでに地面は無残な屍を晒す魔物たち。更にはそこかしこにアニマクリスタルが転がっている。太陽の光を反射して輝く青い美しい結晶の光が、まるで皮肉のように映る光景だ。俺は龍

神はもちろんのこと、ベヒーモスにも改めて畏怖と関心の感情を抱いた。

「さすがは四強魔だな。チープガルーダがまるで相手にならないとは」

「まぁ、お褒めに預かり光栄です。ふふ……」

「当然……この程度の魔物にどうにかされるようじゃ、四強魔を名乗る資格はない……」

さも今回の勝利が当たり前だと言わんばかりに……いや、もしかするとこの二人は、これを戦闘とすら思っていない節がある。

「よし、それじゃ散らばったアニマクリスタルを回収して、今日は帰るとしようか」

「はい、そういたしましょうか」

「うん……」

何の活躍もできなかった俺は、せめてアニマクリスタルくらいは率先して回収しようと、散らばる屍の中を走り回った。

さすがはBランクの魔物というべきか。アニマクリスタルに込められたマナの量が、キルラビットやグリーンスライムとは桁外れだ。これだけ強力なマナを内包したアニマクリスタルを持ち帰ったら、きっとデミウルゴスたちも喜んでくれるだろう。俺は嬉々としてアニマクリスタルの回収作業に励んだ。

それに、チープガルーダは食用の肉として人間の間でも好まれている。討伐ランクが高いため、なかなかに値の張る食材で、目にする機会はそう多くないが。肉質が良くさっぱりしててうまいのだ。

俺は魔物の屍を、『賢者』のジョブが使える『異空間収納』に放り込む。しばらくは御馳走が食卓に並ぶと思うと、口内で涎が溢れてくる。

だが、不意に俺の服の裾がくぃ、と引っ張られた。そちらに目を向けると、こちらを見上げてくるベヒーモスがいた。俺は首を傾げ、「なんだ?」と問いかけたのだが……

「ボク、今日は一杯、頑張った……」

「え? あ、ああ、そうだな。お前のおかげで、大量のアニマクリスタルが回収できた。それにチープガルーダの肉はうまいからな。これだけあれば、しばらくの食料にも困らない。感謝してるぞ」

「そう……なら……ご褒美を要求する」

「ご、ご褒美……?」

あ、この先の流れがなんとなく予想できる気がしてきたぞ。

「うん……今すぐ、ボクと交尾し」

「俺! 先に森に戻ってこのアニマクリスタル世界樹に吸わせてくるわ! それじゃな!」

「あ……また逃げられた……むぅ〜……」

俺は捲し立てるようにそれだけ言い残し、ベヒーモスの前から一気に逃走をはかった。

何というか、油断してると本当にいつか俺は食われるんじゃなかろうか……気を引き締めていこう、うん……

※

ベヒーモスから逃げてきた俺は、森の入り口で大きく溜め息を吐き出した。

「はぁ～……ベヒーモスの奴、またいきなり迫ってきやがったなぁ」

何となく、今日はもう大丈夫なんじゃないかとタカを括っていた所への奇襲であった。半分閉じられた眠たげな瞳の奥に見え隠れする、獲物を狙う肉食獣の眼差しが恐ろしいのなんの。それでいてベヒーモスはなかなか……いや、かなり可愛い部類に入る容姿をしているのも曲者だ。

デミウルゴスと結ばれてから、致した回数はまだ数回程度。デミウルゴスに飽きたとかそういことは絶対にないにしても、ベヒーモスからああも上目遣いで迫ってこられては、俺の理性だっていつまでもつか……俺の理性だって鉄壁じゃないんだぞ。

このまま攻め続けられたら、いずれは……というか、痺れを切らしたベヒーモスが強引な手段で俺を襲撃してこないとも限らない。デミウルゴスが隣にいるからと、安心はできないな、こりゃ。

「まぁそれはともかく、やっぱり龍神もさすがの強さだったな」

四強魔の一人である龍神。

本人も言っていたが、龍神は魔法を主体にして戦うスタイルのようだ。魔法を得意としているならフェニックスと似ているような気もするが、あいつの場合は力任せに魔法に威力を込めて撃ち出すタイプだ。

だが龍神の場合はその逆。あれだけの威力を持った魔法を、複数の魔法陣を展開して発動するなど、並みの魔術師や魔導士では不可能な芸当だ。つまり、龍神は精密な魔法コントロール技術を持っている、というわけだな。

しかも魔法を断続的に撃ち出し、空を飛ぶ相手に向けて正確に撃ち出すその技量も目を見張るものがある。

「いやはや、龍神まで俺と戦うとか言い出さなくて本当に助かったな」

もしも彼女と戦ったら、俺は勝てるだろうか？　実際にやってみなくては断定することはできない。とはいえ、むざむざ敗けてやるつもりもないが。

「さて、何はともあれ、今日は大量だ。すぐにでも世界樹にこいつを吸わせないとな」

俺は異空間収納に収めていた良質なアニマクリスタルを取り出す。いつも狩っていたキルラビットやグリーンスライムより明らかにマナの純度が高い上質な結晶体。やはり高ランクの魔物からはより強力なアニマクリスタルが手に入るようである。

これはいよいよ、魔物を狩るための遠征を視野に入れて、今後の行動を考えるべきだろうな。

「良質なアニマクリスタルの入手。前はティターンのせいで町の冒険者ギルドには寄れなかったからな。近いうちにお邪魔させてもらおう」

今日のチープガルーダだって、たまたま新しい住処を探していた群れに当たっただけだからな。あいつらは住処を定期的に変える習性がある。そんな偶発的な幸運だけでアニマクリスタルを回収するのはナンセンスだ。

町の冒険者ギルドなら、魔物の情報が手に入る確率は高い。可能であれば魔物の生息域を記録したマップも欲しいところだ。そいつがあれば、より効率よくアニマクリスタルの回収が見込めるはず。

「デミウルゴスと相談だな。また町に行くとなれば、森を空けることになるわけだしな」

しかしまずは、今日の収穫を世界樹に持っていくのが先か。

見れば、背後から龍神とベヒーモスも追いついてきていた。

「あら？　アレス様、まだこちらにいらしたのですか？　もう世界樹まで行っているものと思ってました」

「ちょっと考え事を、な」

俺はベヒーモスにチラリと視線を向ける。

だが、ベヒーモスも龍神の手前か、先程の交尾の話を蒸し返してくる様子はない。

俺はほっと一息ついて、二人と一緒に世界樹の苗木がある広場に向かった。

「ん？　あれは……」

「あら、お母様たちですね」

「みたい……」

見れば、苗木のある広場へと続く道の途中に、デミウルゴスとユグドラシルが二人して立っていた。

「あ、やっと帰ってきたよ～！　おかえり～！」

こちらに気付いたユグドラシルが、大きく手を振って俺たちを迎える。

「ただいま戻りました……お母様、おば様。お二人は、こちらで何を？」

「えへへ～、三人が帰ってくるのをずっと待ってたんだよ～。ねぇディーちゃん」

「……うむ、お疲れ様じゃったな、三人とも」

「主様、ただいま～……」

「おう、今日は中々の収穫があったぞ。巣を移動させようとしていたチープガルーダの群れと遭遇してな。普段よりも上質なアニマクリスタルが大量に集まったぞ」

「……そのようじゃな。旦那様から良質なマナの気配がするのう、これは成果を確認するのが楽しみじゃ……」

そう言って小さく微笑むデミウルゴスだが、俺は彼女の表情に小さな疲労感が滲んでいるのを見逃さなかった。額に少しだけ髪の毛が張り付いているし、少し前まで汗をかくようなことをしていたのかもしれない。

「デミウルゴス。お前、何か少し疲れてないか？」

「む？　あ、ああ……よく気がついたの」

「そりゃ、お前のことだからな。目覚めてからずっと一緒にいるんだし、それくらいの変化はすぐにわかるさ。というか、大丈夫なのか？」

「う、うむ……倒れそうなほど疲れておるわけではないから安心せよ。しかしそうか……見ればわかる、か……ふふ……」

俺の言葉に、デミウルゴスが小さく照れの表情を浮かべる。手の指先だけをあわせてはにかむその表情は、ぐっとくるほど可愛らしい。

　というか今すぐめちゃくちゃに可愛がりたい！　甘やかしたい！

　が、疲れているこいつに無理もさせられない。今夜は大人しくておこう。愛する妻の健康を気遣うのは、良人の務めだろう。

「まぁ、その……ユグドラシルに少しばかり……いや、かなりこき使われてのう……疲れてしまったのじゃよ。じゃが、旦那様の気遣いで吹き飛んでしまったわい」

「ちょっと～、人を暴君みたいに言いながら二人であま～い空気を出すの禁止～。そういう雰囲気は二人っきりのときにしてよね～」

「まさしく暴君のような振る舞いじゃったろうが。あのような無茶をさせおってからに。それと甘い空気など出しておらん。普通じゃ、普通」

「うわ～……自覚がないよこの子～、お姉ちゃんはこれから先が心配だわ～。周囲の目を気にせずにイチャイチャチュッチュしちゃうような破廉恥な女の子になっちゃってるよ～」

「体をくねらせながら妙なことを口走るでないわ。それより誰が姉じゃ、誰が」

「あたし～。生まれたのはあたしの方がちょっとだけ先だったもんねぇ～」

「あんなもの僅差じゃ！　僅差！　たったの百年程度ではないか！」

　いや、デミウルゴスさん。百年はもうそれ、僅差とかそういうレベルじゃない。

　まぁこの二人の時間的な感覚で言えば、百年くらいは微々たる時間なのかもしれないが。

　それにしては、俺が眠っていた二年を「待たされた」とデミウルゴスが言っていた辺り、それだけ待ち望んでくれていた、ということなのだろう。

あ、やばい。顔がにやけそう。

頬の筋肉が痙攣してヤバイ。俺、今そうとう変な顔してるんじゃねぇか、これ。

「まぁそんなことはおいといて、実はあたしとディーちゃん、それとフーちゃんとターちゃんの四人で、いいものを作っちゃったんだ～。今からアニマクリタルをあたしにくれるんでしょ？　だったら丁度よかったよ～」

「よく言うわい。ほとんど形にしたのは我であろうが……」

「ええ～、でもでも、あたしが目覚めたからこそできたことでもあるでしょ～？　だったらやっぱりあたしも貢献してると思うけどな～」

「む、それは確かにそうかもしれんが……」

「デミウルゴス、いいものってなんだ？　ユグドラシルが何かしようとしてたのは知ってたが」

「ああ、それはのう」

「ああ～っ!?　まだ言っちゃダメ～！　広場に行ってからお披露目するの～！」

「子供かお主は」

「今は子供だもんね～、ほらほら、幼女のつるぺた～」

「ちょっ!?」

何を思ったのか、ユグドラシルは俺たちの目の前で服を胸元まで捲り上げてしまった。なんとも無邪気な表情で。

いや、え!?　この天真爛漫小悪魔精霊は何してんの!?　男がいる前でいきなり服をがばっ、と捲って肌を露出とか！　変態なのか!?　変態なんだな!?

「これ。服を捲るでないわ。お主の貧相な体など誰も求めてはおらん」

「うわ〜、ディーちゃんひどい言いよう〜。あたし本来の姿ならすごいんだから〜！　ディーちゃんと違って！」

「お主、喧嘩を売っとるのか」

「いや、まずはさっさと服を戻してくれ。ていうかいい加減に広場に行こうぜ……」

「と、そうであったな。こやつがからかってくるものじゃから、我もつい熱くなってしまったのじゃ」

「あはは〜、ごめんねぇ〜。それじゃ気を取り直してゴーゴー！」

そんなユグドラシルの掛り声を合図に、俺たちは世界樹の苗木まで足を進めた。

慣れた道を歩き、しばらくするといつもの空間が見えてきた。

しかし、広場に出た俺たちの前には、見慣れないものがそびえていた。

「じゃじゃ〜ん！　どうだ〜！」

「これは……」

「あらあら、すごいですねぇ」

「おお〜……」

「はぁ～……人の苦労も知らずにはしゃぎおって……」

広場に出た俺たちが目にしたもの……それは、俺とデミウルゴスがかつてシドの町で利用した……『宿屋の建物』そのものであった。

「どうどう!?　すごいでしょ!?」

森の中の開けた広場の一角。その境界線となる場所に、樹を切り開いた空間が新しくできており、そこに木造の建物が出現していたのだ。二階建てで屋根はスレートふき。外観はまんまシドの町にあったあの宿屋である。

しかも宿屋の背後には、魔物の状態に戻ったフェニックスとティターンの姿もあった。

神々しい黄金の羽毛に覆われた姿で翼をはためかせるフェニックスに、人間形態とは性別も変わって筋肉もりもりとなっている、ティターン。

久しぶりに見た二人の本来の姿だが、それよりもやはり、森の中に突然姿を現した人工物に俺の視線は吸い寄せられた。

「デミウルゴス、これって……」

「まぁなんじゃ。ユグドラシルの口車に乗せられてのう。我が創造したのじゃよ」

「え？」

デミウルゴスが、創造した？

確かに全盛期であれば、これくらいの建築物は難なく造れただろうが、今の彼女は俺との戦いで力を失い、俺が目覚めるまでは服を作ることもできずに裸で生活していたはずだ。ようやく服程度なら創造できるようになった、と言っていたのはつい一、二か月ほど前。それがいきなり、この規模の建造物を創造できるようになったとは、一体どういうことのなのだろうか？

いや、というか何故。いきなりこんな建物をこんな場所に？

「色々と突っ込みたい部分があるのは理解しておる。取りあえず一から説明するのでな」

と、どこか呆れ気味に苦笑を浮かべながら、デミウルゴスは俺たちが狩りに出かけている間に起きた出来事について聞かせてくれた。

⁜

時間を遡り、アレスたちが森を出発した、少し後のこと。

「――それで、我らをわざわざここに留めてまで、お主は何をしようというのだ、ユグドラシルよ」

いつもは魔物の狩りに出かけるフェニックスやティターンまで森に残し、この世界樹の精霊は何を企んでいるのか。デミウルゴスは半眼でユグドラシルを睨みつけ、不満を声に乗せて問いかけた。

「ふふん、実はね。この森の……ちょうど世界樹のある近くに、あたしたちの家を建てようと思うのよ！」

しかし当の本人はデミウルゴスの不機嫌な様子をものともせず、そんなことを口にした。

「いらん。というか無理じゃ」

だが、デミウルゴスはそんな昔からの旧友に、即答で否を突きつけた。

「ええ～！　そんなすぐにダメとか言わないでよ～！」

「無理なものは無理じゃ」

「そんなことないでしょ！　だって、前はセフィロトに立派な神殿を創造してたじゃない！　あんな感じで、ばーん！　ってあたしたちが住む家を造ろうよ～！」

　こやつは……

　デミウルゴスは痛む頭を押さえて、首を横に振った。

　後ろに控えているフェニックスは戸惑った表情を浮かべ、ティターンはそもそも興味なさそうな様子だ。

　ちなみにユグドラシルが口にしたセフィロトとは、先代の世界樹が存在する異空間のことである。かつてのデミウルゴスの居城で、アレスと激戦を繰り広げた場所でもある。

「無茶を言うでない。全てを見ていたお主なら知っておろう。我はもう、かつてのような力を持ってはおらぬ。いや、もし仮にできたとしても、そのようなことにマナを無駄遣いするなどありえぬ。我のマナは世界樹の育成に大半を消費しておるのじゃ。あまり余分なことに消費しておる余裕などないのじゃよ」

　世界樹の育成は急務である。このままでは、あと千年も経たずして世界の崩壊は始まってしまう。今は少しでも早く苗木を大樹の状態にまでもって行く必要があるのだ。大樹からのマナが安定して世界に巡れば、滅びは回避できる。

　そのためには日々マナを世界樹に与え続け、一刻も早く成長してもらわねばならない。

ゆえにデミウルゴスは、生命活動に必要なマナ以外は、全て世界樹に与えてきたのだ。

それになにより、今のデミウルゴスには小さな家だって創造できるだけの力は残っていない。

マナを他の物質に変換しての創造は、かなりのマナを体から消費する。今のデミウルゴスでは、創れても小さな小屋が関の山である。

「お主が一日でも早く大樹へ成長できるように、我も、そして旦那様や四強魔たちも努力してくれておる。じゃというのに、そのようなことを言って貴重なマナを無駄になど……」

「無駄じゃないもん！　必要なことだもん！」

「家など我らには不要じゃ。雨風は今の寝床でも回避できるし、寒ければ人肌で暖めればよい。嵐も豪雪も、魔法を使えば耐え忍ぶくらい簡単なことじゃ。第一、今の我では家は造れん。潔く諦めるのじゃ」

「大丈夫だよ！　あたしの意識が回復した今、空気中からもマナは吸収できるし、ディーちゃんの負担は大きく減ってるはずだよ！　マナを生み出す量だって種子の頃とじゃ段違いに多くなってるんだから！」

「む、確かにマナの効率は上がったかもしれんが、ならばより一層成長を早めるためにはマナの更なる摂取をじゃな」

「もう！　あたしはディーちゃんやアー君たちと一緒に、家を建ててそこで生活してみたいの！」

「そんなことは人間のすることじゃ。世界の要たる神にも等しきお主が、ままごとのようなことに関心をもってどうするのじゃ」

「そんなこと言ったら、ディーちゃんの恋愛感情だって人間特有のものじゃないの！」

「そ、それは……」

完全に自分の言葉がブーメランとなって返ってきてしまったことに、デミウルゴスはバツが悪そうな様子で視線を逸らした。

しかし、そんな姿をこの世界樹様に見せればどうなるか、答えは火を見るより明らかである。

「だいたい神様が人間の男の子に恋をしちゃってること自体おかしいんじゃない？　そもそも少し前まで人間滅ぶべし！　って息巻いてたのはどこの誰だったかしら？　なのにその人間に力を削がれて、そして今度は好き好き大好き〜、って、さすがにどうなのかな〜？」

「う、うるさいのじゃ！　仕方ないであろうが！　好きになってしまったものはしょうがないではないか！　我だって自分にこのような感情が芽生えるなどとは思ってなかったのじゃよ！」

自分が言い訳がましいことを口にしている自覚があるからか、デミウルゴスはユグドラシルと視線をあわせることができない。

そこに畳み掛けるようにユグドラシルは懐に潜り込んでいく。

「なら、あたしのごっこ遊びにも付き合ってくれたっていいじゃないのかな〜？　あたしだってずっと一人だったんだよ〜？　樹の中で世界中の状況を黙って見守って、話し相手のディーちゃんは数千年間、ずっと人間のことばっかで構ってもくれないし……寂しかったんだから

〜」

「うぅ……」

そのことについては、デミウルゴスも少しはすまないと思っていた。

しかしあの頃のデミウルゴスはほとんど感情が死んでいたと言っていい。世界を救うために、長きにわたって人間を相手にしてきた精神的な疲労。そして、ユグドラシル同様に、ずっと一人で世界樹と世界を守ろうと奮闘していたのだ。豊かな感情を持っていては、とてもまではいられなかった。

それに、ユグドラシルにもできるだけ力を温存するために、現世への現界はせぬようにと言い渡していた。ゆえに、余計にお互いは近くにいながら孤独という状態になってしまっていたのだ。

「あたしだって皆と一緒にわいわいやりたいの……それにさ、ディーちゃんはいいかもしれないけど、元々が人間だったアー君にまで、ずっと今の生活を強いるのはどうかと思うけどな〜」

「そ、それは……もちろん、旦那様にも悪いとは思っておるが……じゃからといって、マナを無駄に浪費するのは……」

ユグドラシルから畳み掛けるように言葉を繰り出され、デミウルゴスはいよいよ反論が弱くなる。その姿に、ユグドランルは「にや」と意地の悪そうな笑みを見せた。

むろん、口元を手で隠しではいるが。

……この子、可愛すぎる。

アレスを引き合いに出されて口調が弱くなったデミウルゴスの姿に、ユグドラシルは妙な嗜虐心を煽られてしまう。

先日はティターンを逆さづりにして一晩放置してみたりと、ユグドラシルは幼い見た目に反して、なかなかのSっ気を持っているようである。

「そ、れ、に……こういう区切られた空間が、愛し合う二人には必要だと思うけどなぁ～？ほら、俗に言う、愛の巣、ってやつ……密室で二人っきり……夜は限られた空間の中を、甘い空気で満たして結ばれる……ねぇ？　そんな風に、アー君と愛し合いたい、って思ったりはしないのかな～？」

「だ、旦那様との……愛の巣……」

よしよし。心が傾いてきたわね～。それなら、ダメ押しにもう一発……などと自分の思惑を通そうと、デミウルゴスのアレスへの感情をこれでもかと利用して煽りまくるユグドラシル。

デミウルゴスも、今は世界がどうこうという考えより、アレスのことばかりが脳裏を占めるようになってしまっていた。

恋は盲目、とはよく言ったものである。幾星霜の時を生きた創造神が、まるで初心な少女のごとく、自らの使命よりも一人の男のことで頭がいっぱいになってしまうのだから。

「そうそう……それにぃ～、ディーちゃんが家を造ってくれた、って知ったら、アー君の好感度が上がっちゃって、夜の営みがますます激しくなっちゃりするかもよ～？」

「い、今より激しく!?　そ、そうかのう……旦那様、褒めてくれるかのう……」

「もちろんよ！　断言してもいいわ！　そんなわけで、あたしたちの家、造っちゃおうよ!!」

「し、しかし……仮にマナに余裕ができたとはいえ、さすがに一からマナを再構成して建物を建てるとなれば、できても小さな小屋が限界じゃぞ？　最初から利用できる材料でもあれば、マナで建物の形に形状を変化させるだけで建てることは可能じゃが……」

「あたしがそこらへんを考えてないとでも？　甘いわディーちゃん！　そのために後ろにいる二人……フーちゃんとターちゃんが必要なんじゃない！」

するとユグドラシルはビシッ、とデミウルゴスの背後を指差して言い放つ。

急に自分たちが名指しされて、フェニックスはびくっと反応した。

「わ、私たち、ですか？」

「あん？　なんだ、オレたちにもその家作りとやらに協力しなきゃならないってのか？」

「そういうこと！　フーちゃんとターちゃんには、家を造るための木材と石材の調達をお願いしたいの！　あとは、家を建てる地面のならしね。本来の姿である魔物形態なら、この森の樹を切ることも、岩場を探して石材をここに持ってくることもできるでしょ？」

「え、ええ……まぁそれくらいなら……」

「めんどくせぇ……何でオレがそんなことを……」

「あはっ♪　手伝ってくれたら、ターちゃんのだ〜い好きな気持ちいいこと、いっぱいしてあげちゃうよ〜？」

「任せろ。樹でも岩でもどんどん持ってきてやる」

「ありがとね～」

「ティターン……お前、本当に変わってしまったのじゃな……しかし、なにやらユグドラシルにうまいこと丸め込まれてしまった感じがして、複雑な気分じゃのう……」

「気にしない、気にしな～い。それじゃ、さっそく作業開始～!!」

※

「――と、いうわけでのう……フェニックスとティターンに材料の確保と土地の整備をさせ、最後に我が揃った石材で基礎を形にし、その上に我の記憶にある人間世界の建物を創造した、というわけじゃよ」

「な、なるほど……」

完全にユグドラシルに踊らされている……

そんな妻に俺は小さく苦笑を浮かべ、改めて目の前にそびえる建物を見上げた。

話を聞いた限り、デミウルゴスが外部と内部の構造を把握していた建物は、俺たちが利用した宿屋だけだということで、今の形に落ち着いたそうだ。

それと、建物を建てたところで余分なマナは使い切ってしまったようで、内部に家具などは一切用意されてはいないらしい。

「できればあの、べっど、といったか……あれくらいは準備したかったのだが、さすがにもう限界でのう。しばらく創造は無理そうじゃ……結局、箱だけを作って中身がない感じの微妙な仕上がりになってしまったな……」

「いや、そんなことはないさ。家具くらいなら俺が用意するしな。近いうちにまたシドの町にいく予定だから、そこで一式、人数分買い揃えてもいいだろう」

「いや、時間をもらえれば、我がまた一から作ってもよいぞ？　ユグドラシルの言葉に乗っかるわけではないが、今の我には多少なら融通できるマナが確保できる。それを使ってもよい」

「いや、家を準備してくれただけでも十分さ。今度は俺が、新しい生活環境を整えるために頑張る番だろう。奥さんがここまでしてくれたんだ。俺が何もしないわけにはいかないだろ？

まぁそれはともかく、ありがとうなデミウルゴス。正直、いつかはしっかりした住処を用意したいと思っていたから、助かったよ」

「う、うむ、そうかそうか……では、家具などに関しては、旦那様の好意に甘えるとしようかのう……奥さん……ふふ……奥さん、か……よい響きじゃのう……」

「あはっ、ディーちゃん、すっごく締まりのない顔してる～」

「ふっ、何とでも言うがよい。今の我にはお主の嫌味など屁でもないわ」

「うわ～、なんだろう？　そのドヤ顔、すっごくムカつく～♪」

ニコニコと笑みを浮かべながらも、額に青筋を浮かべるユグドラシル。本当に、この二人には遠慮というものがないな。距離がすごく近い。

まぁそれはさておき、

「ユグドラシル、理由はどうあれ、俺たちの家を造るきっかけをくれてありがとうな。いずれ、この礼はさせてもらう」

「あら～、こっちは素直で可愛いじゃない。君みたいな子、お姉さん好みだよ～」

「ダ、ダメじゃぞ!? さすがにこやつはどんなことがあっても渡さんからな！」

「ちょっと～、ディーちゃん必死すぎだって～。そういう反応すると～、是が非でも欲しくなちゃうじゃな～い」

「絶対にやらん！」

「あ、あはは……」

からかってくるユグドラシルに、俺の腕を抱きしめて離さないデミウルゴス。

いつの間にやらフェニックスとティターンも人間の姿になっている。

俺たちは四強魔から呆れに近い視線を向けられながらも、なんとなく、身内同士の気安い雰囲気に心が和む。

それもやはり、こうして家族の家という、自分たちの居場所と言える場所ができたからなのかもしれないな。

その後、俺たちはユグドラシルが目覚めたこと、新しい家ができたことを祝して、森で取れた山菜や木の実、チープガルーダの肉を盛大に使って宴会を開いた。テーブルや椅子はないので、木を切って丸太を並べただけの急ごしらえだが……それでも、宴の席は盛り上がり……というか各々が好き勝手に騒ぐ事態となり、収集をつけるのが面倒になったのだが、それはまた、別の話である——

※

俺は湯船に体を沈めながら、頭上を仰いで思わず愚痴を漏らした。

「――はぁ～……あいつら。いくら宴会だからって好き勝手しやがって……」

デミウルゴスが力を使って建ててくれた俺たちの家（宿屋風）には、風呂がしっかりと付いている。この建物は入ってすぐがロビーになっており、一階には食堂と厨房があり、客室は一階に五部屋、二階に八部屋、合計で一三部屋となっている。俺たちが宴会を開いたのはロビーの隣にある食堂だ。風呂はロビーから客室のある廊下を奥に進んだ先に設置されていた。

「ふぅ……しかし。まさか森の中で風呂に入れるとは思ってなかったな……」

風呂は魔法で水を張ってから、火魔法を発動してお湯に沸かして利用する。魔法が使えるからこその贅沢である。

魔法文明において魔法が使えないことは先天的な弱者になってしまうことを意味する。だが、魔法を使うことができずとも、魔道具というアイテムを使うことで、擬似的に魔法の恩恵を受けることが可能だ。

基本的には、夜間の照明であったり、調理などで利用する火を熾すための道具であったり、乾燥した地域でも限定的に水を確保できたりと、様々な用途の魔道具が存在している。これらの動力源は空気中に存在するマナである。自身のマナを外に放出できる者は、そもそも魔法を使えるということだ。魔道具の利用に頼らずとも生活に支障はあまりない。

まぁ、自分が苦手な分野においては、魔術師も魔導師も、魔道具を利用して生活水準を高めているようだが。

とはいえ、魔道具にも欠点はもちろんある。

魔道具はマナの薄い土地では使用することができない。動力源がなければ、そもそも起動もしないので、一部の地域では未だに魔法文明における弱者が確かに存在しているのだ。しかも、この魔法文明の発展が、世界を崩壊の未来に導いているというのだから、これが最大のデメリットと言っていいだろう。

とはいえ、

「はふ～」

疲れた体に、この風呂がもたらす快楽は抗い難く……

「贅沢だとはわかってても、やっぱり風呂は最高だよなぁ～……」

「――ふふん。そうでしょ～！　あたしがディーちゃんに頼んで造ってもらったんだから、感謝してくれてもいいのよ～？」

「…………」

……あれ？

何か、今この場では聞こえてはいけない声が聞こえてきた気がするんだが……

気のせいか？

俺は声の出所であろうと思われる風呂の出入り口に、おそるおそる目を視線を移動させた。

「ちょっと～、黙ってないで何とか言ったら～？」

気のせいじゃなかった！

「ユグドラシル⁉　おまっ！　何でここに⁉」

声がした方へと目を向ければ、扉を思いっきり開けてユグドラシルが浴室へと入ってきていた……その綺麗な素肌を惜しげもなく晒して。

というかお前、さっきまで宴会してた部屋の床で寝てたんじゃ。

「お風呂、ご一緒させてもらうけど構わないよね～？　ついでに、義弟の背中を流してあげようじゃないか～！　光栄に思いなさ～い！」

「は……？」

コノヒトハ、ナニヲ、イッテルン、デショウカ？

フロニ、ゴイッショ？　セナカ、ヲ、ナガス？

……………

……

いや……

いやいやいや‼

「普通に入ってくるなよ⁉　今は俺が使ってるの見たらわかるだろうが！」

「うん。だから来たの。何か問題ある？」

「ないとでも思ってんの⁉」

こいつは何を考えてんだ⁉　男が風呂に入っている所に突入してくるか普通⁉

いや、そういえばこの前も、俺とデミウルゴスが泉で水浴びをしているところに突貫してきたことがあったんだったか……いや！　だからってダメだろこれは!?

「お前が入るなら俺が出る！　つうか前を隠せっ、前を！」

ユグドラシルは完全なお子様体型ではあるが、それでも女の子の体なのだ。俺に幼女趣味はないが、それでも彼女の白い肌を直視するのは躊躇われる。むしろ子供の体だからこそ、見てはいけないものだという意識が強く働く。

「あはっ、別に見たって楽しい体でもないんだし、気にし過ぎだってば～」

「気にするだろ!?　だいたい何で来たんだよ!?」

「だから～、妹の旦那さんであるアー君……義弟君《おとうと》と親睦を深めようと思ったんだよ！　それにはやっぱり、裸の付き合いが一番でしょ！」

「それ絶対におかしいからな！」

同性ならその理屈にも納得するが、異性で裸の付き合いとか聞いたことない！　そもそもユグドラシルとはまだ会ったばかりでこのようなことになる間柄では断じてない。

「まぁまぁ、いいじゃないの～。あたしとしては、アー君と少しお話がしたかったんだよ～。ここなら盗み聞きされる心配は少ないからね～……って、みんなして寝てるんだったっけ？」

「は、話なら別の場所でもいいだろうが！　何もこんなところで！」

「もう～、あまり駄々をこねるとここにディーちゃんとかヒーちゃんを呼んじゃうよ？　『きゃ～！』って大声で悲鳴とかあげちゃうよ～？」

「ぐっ……そ、それは卑怯だろ……」

「あたしだってできればそんなことはしたくないよ～？　でも～、アー君があたしと一緒にお風呂に入るのを嫌がるなら～、やっぱり～……（チラッ）」

こ、こいつは～～……

横目にこちらの様子を窺い、口元にいやらしい笑みを浮かべるユグドラシル。

俺は湯船の中で拳をわなわなと振るわせる。

だが、ここでデミウルゴスはもちろん、ベヒーモスが目を覚ましてここに来るような事態は絶対に避けたい。特にベヒーモスは執拗に俺と性交をしようと迫ってくるのだ。こんな逃げ場のない風呂の中で襲われたらさすがに危険だ。

最悪、俺とベヒーモスが致している現場をデミウルゴスに目撃などされてみろ……最悪の未来しか想像できん。

「ああくそっ！　わかったわかりましたよ！　ただし、話を聞いたらすぐに上がらせてもらうからな!?」

「よしよし。潔い子はお姉さん嫌いじゃないぞ、あはっ♪」

いい笑顔を見せながら、ユグドラシルはテトテトと湯船に近づき、

「ほらほら、先に背中を流してあげるから、上がって上がって～！」

強引に俺を湯船の中から引っ張り上げ、簡素な木製の台座（作：俺）を椅子代わりに、無理やり腰掛けさせられた。

するとすかさず、ユグドラシルはどこから取り出したのか目の粗い手ぬぐいを手に、俺の背中を流し始めた。

「んしょ、んしょ……アー君、力加減、こんな感じでいい？」

「……いや、もう少し強くてもいいぞ」

「じゃ、これ、くらいっ？」

俺の言葉に、ユグドラシルは擦る力を少しだけ強くした。

加減で言えばまだ少しだけ弱いくらいだが、それでも自分じゃ手の届かないところを丁寧に擦ってもらえるのは、思いのほか気持ちがいい。

「で、話ってのは何だ？」

男の風呂に突入してくるほどだ。しかもデミウルゴスたちには聞かれたくない話というくらいだから、もしかしたらそれなりに重要な内容かもしれない。

しかし、彼女の奔放な性格を見ていると、別にそこまで大した内容でなくとも、こんなことをしでかしている可能性もゼロではないような気がする。どちらにしても、彼女とはまだ出会って一週間も経っていないのだ。

俺はまだ彼女の表面的な部分しか理解できてはいない。そういった意味では、今回は彼女を知るいい機会なのかもしれないが。

とはいえ、裸で乗り込んでくるのは勘弁願いたいところだ。男の理性とか、しっかりと考えてほしい。

「せっかちだね～……まだ洗い始めたばっかりだよ～？　そんなにあたしと一緒にお風呂に入ってるのが嫌～？」

「そういうわけじゃなくて、みだりに女性が男の前で肌を晒すもんでもないし、こういうことはお互いに好き合ってる者同士がやることだろ」

「あたしはアー君のこと好きだよ？　素直で可愛い反応してくれるし、何より、あたしの大事な大事なディーちゃんの旦那様だもん～」

「いやそうじゃなくて、好きと言っても恋人とか、夫婦間にある愛情というか」

ユグドラシルが言う好きは、近しい者に対する親愛の感情だ。いや、本当にそういった感情を持ってくれているのかどうか怪しいものだが。まぁ、嫌われてはいないんじゃないかと思う。多分だが。

しかし、こうやって全裸で押しかけてこられるような関係ではないな。間違いなく。

「昨日からなんとな～く思ってたけど、アー君ってわりと貞操観念が固いよね～？　もうゴリゴリ。硬くするのは下半身だけでいいのに～」

「そこ。その見た目で下ネタ禁止。というかオッサンですか、あんたは……」

「あはっ♪　あたしは君からすれば物凄いババァだよ？　オッサンなんて目じゃないね」

「では訂正、女性ならそういう下品なことを言わんで下さい。仮にも義姉《あね》なんですから」

「あはっ。あたしを義姉だとは思ってくれるんだ？　嬉しいね～」

背中越しに聞こえてくるユグドラシルの声はコロコロと調子が変わる。

喜怒哀楽がはっきりしているというか。

「ふふん。そんな嬉しいことを言ってくれる義弟君《おとうとくん》には、サービスをあげちゃおう！」

「はい？」

「えいっ」

――ぷにっ。

「っ!?」

突如、俺の背中に柔らかい感触が当たる。

起伏に乏しくとも見た目年齢より若干発育した体が、思いっきり押し当てられる。

「な、ななな、っ、何してんですか!?」

「当ててんの。おっぱいとかお腹とか全部」

「おっ!?　いやいや！　からかうのも大概にしてくれ！」

「ええ～、気持ちよくない？　男の人ってこういうの好きだと思ってたんだけど？」

「それどこ情報ですか!?」

いや、確かに好きか嫌いかでは訊かれれば好きと答える。これがデミウルゴスからされていたのなら飛び上がるほどに興奮していただろう。

しかし相手は義理の姉（幼女）である。気持ちよくなったら色々とマズイだろ!?

「あたし、ず～っと世界を見てたんだよ？　ディーちゃんよりいっぱいね。だから、色んなこと、知ってるんだから～」

「なら今こうしてることが人間的には普通じゃないことも知ってると思うんだが!?　離れて下さい！」

「あははっ、君の顔、真っ赤っか～」

「誰のせいですか！　誰の！」

ああもう！　これ以上は本当にマズイ！

小さくともやはりそこは女の子の胸……硬さよりも柔らかさを感じてしまう。

俺の理性もぐらぐらだ……これはもう、逃げよう！

これ以上状況が悪化する前に、俺は浴室から脱出する決意を固めた。

しかし、不意にユグドラシルが俺の肩に手を置き、耳元で小さく声を発した。

「ふふ……からかいがいのある男《おのこ》じゃて……ほんに、可愛らしいのう」

「っ……!?」

何だ……？　急に、ユグドラシルの声音が……それに喋り方も変わって……

「『あたくし』の愚妹に、そうも義理立てしてくれてはるいうんは……姉として、嬉しい限りやなぁ」

「……お前……誰だ？」

「何を言うてはります？　あたくしはあたくし……ユグドラシルやないの」

「随分と、キャラが変わったじゃないか」

「ええまぁ、ちぃっとばかし、まじめなお話、しよう思いまして……このままで、失礼させてもらいます」

声や喋り方だけではない。雰囲気が先ほどまでとはまるで別人だ。背中から押し潰されそうなほど強烈なプレッシャーが圧し掛かってくる。今までの天真爛漫、自由奔放な幼女の姿はそこになく、世界を支える世界樹の精霊としての彼女が、今、俺の背後にいる。

それを実感させられるだけの強烈な圧力が浴室を満たしていた。

「恐がらんでもいい……別にとって食ったりなんてしません。ただ、あんさんに少し、話しておきたいことがありましてなぁ……」

「それが、ここに来た目的か？」

「そうやね。その通りや」

「わざわざ男の風呂にまで突入して来て、話すことなのか？」

「ええまぁ……あまり時間をかけてもいられないようやし、単刀直入に言わしてもらいましょか……」

ん？　時間がない？　それはどういう……

彼女の言葉に違和感を覚えつつも、それを俺が問う前に、ユグドラシルは耳元で呟いた。

「もし……いつまでもあの子と一緒に生きて行きたいというのであれば、あの子の『力』を使うんは、お控えなされ」

「え……？」

それは、どういう意味だ？　力を、使うな？

「おい、それって……」

「言葉のままや……『終焉皇《デウス・マキーナ》』、『魔力障壁』……そして、魔物からアニマクリタルを取り出すその能力……特に前者のふたつに関しては、多用すると後々、後悔することになりますえ」

「後悔？」

何だ？　彼女は何が言いたいんだ？

「忠告はしましたでな。あとはアレス……ぬし次第でありんす。デミウルゴスを悲しませたくないのであれば、力の乱用は避けたほうが懸命やさかい、よう心に留めておき」

「ちょっと待ってくれ。言っている意味がわから……」

「すまんが、もう時間はのうなってしまったみたいや」

「は？」

それこそ、どういう……？

俺がユグドラシルの言葉に首を傾げていると、勢いよく、浴室の扉が開かれた。

「え？」

「あ、『ディーちゃん』来ちゃった〜。まぁ、あれだけ騒げば気付かれるよね〜……」

「お、お主ら……一体ここで、何をしておるのじゃ……？」

扉を開けて現れたのは、デミウルゴスであった。

その表情は髪に隠れてよく見えないが、声が震えているのはわかる。

さて、この状況を客観的に分析してみよう。

裸の状態である俺とユグドラシルが、浴室で二人っきり。果ては俺の背中にユグドラシルが抱き付いて、小さなお胸をしっかりと押し付けていらっしゃる。

…………うん。まろっきり浮気の現行犯だわ、これ。

「旦那様、主は我という者がありながら、そのようなお子様体型のつるぺたにうつつを～～～……」

「まぁ待てデミウルゴス」

「何じゃ？　何か言い訳でもあると言うのかのう？」

「言い訳じゃない。誓って言うが、これは決してお前が考えているような状況じゃない」

「ほぉ……では、何だと言うのかのう……？」

こういう場面で、男は慌ててはいけない。興奮している相手に、こちらまで興奮しての対応は下策。落ち着いて、慎重に、真実を話せばいい。大丈夫だ。俺に後ろ暗いところはないのだから。

「俺は、彼女に背中を流してもらっていただけだ」

ただそれだけ。あとはちょっと話をしただけにすぎない。ほら、何にも問題はないじゃないか。

「うん。あたしのちっちゃいおっぱいをアー君に押し当てて、背中を流してあげてたの～！アー君も気持ちよさそうだったよ～？　ね～♪」

う～ん惜しい。そこで余計なもんをくっつけなければ完璧だったのにな～義姉さん。それと現在進行形でぷにぷにと押し付けているものも離してくれるともっとありがたいんだけどな～義姉さん。

「こ、こ、こ……」

「う～ん？　ニワトリさんのマネかな？　コケコッコ～？」

ユグドラシルはこの期に及んで、まだアホなことを抜かす。

しかし次の瞬間、デミウルゴスから強烈な雷が降り注いだ。

「こ、この戯け共めが～～～～～～～っ！！！？」

ですよね～！

その後、俺とユグドラシルは素っ裸のまま、浴室で長時間デミウルゴスからこってりと絞られました。

ついでに言えば、その日の夜はお仕置きという名目で俺の精もこれでもかというくらいに搾り取られてしまい……

翌日の俺は、まともに立ち上がることもできなくなってしまったのだった。

幕間　凶報

「ソフィア様、お客様がお見えです」

「え？　あ、はい。え〜と、誰でしょうか？」

薄暗い蔵書の管理倉庫。その最奥に設えてある年期を含んだ執務机の上で、ソフィアは寄贈された書籍の目録に目を通していた。その最中に入った来客の知らせに、ソフィアは首を傾げる。

「騎士団長のマルティーナ様です。何やら大事な話があるとかで」

「大事なお話？　分かりした。応接間に通して下さい」

司書長としての仕事を任されてから二年……マルティーナと顔を合わせる機会も少なくなっていた。お互いに、責任ある立場となった身。時間が合わないことが増えたのだ。それでも、時間を見つけては共に食事を取り、交流は今でも続いている。

「――久しぶりね、ソフィア。前に会ったのは、二か月くらい前だったかしら」

騎士団長の制服に身を包んだマルティーナ。ここ数年で、彼女はだいぶ大人びた印象を受ける。しばらくお互いに近況などを報告し、少しの世間話を交わしたのち、マルティーナは緊張した面持ちで切り出してきた。

「実は、カムイ国と我が国で、幻獣の姿が、計三体、確認されたわ」

おもむろに切り出された話題に、ソフィアは手にしたカップを取り落としそうになった。

「進行方向からの予測だけど、全ての個体が、リーンガルドに集結したものと見られているわ」

目撃されたのは、龍神、ベヒーモス、ティターンである。三体の幻獣が、一度に姿を見せたという話はソフィアも聞いたことがなかった。デミウルゴスが消えた影響か。はたまた別の要因があって動き始めたのか。いずれにしろ、なるほど確かに。

これはかなり――『大事な話』だ。

その一体で国が滅ぼされるほどの力を有した化け物が、一か所に集結したというのか。冗談を通り越して悪夢である……いや、悪夢ですら可愛いと思える異常事態だ。

「いずれ、カムイ国の調査団も交えた、大規模な現地調査を実施する予定よ。でも、その前に現地の状況を確認しておかなきゃいけない。そこで、先行してあたしの部下を何人かリーンガルドに派遣することにしたわ」

リーンガルドにはシドという小さな町がある。そこが現在どうなっているのか。もしも幻獣の出現でパニックとなっているようなら、事態の鎮静化も視野に入れて、調査隊とは別に騎士団を向かわせるという。王都から直接騎士が派遣されてくれれば、国が地方にも意識を向けていると示すことができる。地元住民たちの混乱もいくらか落ち着くかもしれない。

「もしも本当に幻獣が一か所に集中しているなら、あんたにも表に出てきてもらうことになると思う。きっと、かなり大規模な戦闘になるわ……だから、今のうちに準備をしておいてほしいの。今日はそれを伝えに来ただけ。調査に進展があったら、また報告に来るから」

それを最後に、マルティーナは席を立ちあがった。しかし、ソフィアは咄嗟にそれを止めて、

「マルティーナさん、よろしければその先行調査、わたしも同行させてもらえないでしょうか？」

「え？」

マルティーナがポカンと口を半分開いた状態で固まる中、ソフィアは前髪に隠れた色違いの瞳を、真っ直ぐに旧友に向けていた。

四章　蒼穹の空戦

ユグドラシルが俺の風呂に突入してきて、妙な話を聞かされたあの日から二日。

俺は浮気（誤解）の現場をデミウルゴスに見られたことで昨日は大変だった。正確に言うならば一昨日の夜からなのだが。デミウルゴスが俺に馬乗りになって一晩中『行為』を要求してきたのだ。俺たちがこれまでいたした記録としては過去最長。慣れない体の動きに加えて、体の内側からとことんまで精を吐き出すことになった結果……俺は半日ほど全く身動きを取れなくなった。

しかもその間もデミウルゴスは俺から離れることなく密着してきて、常に俺に「愛」を問い掛けてきた……むくれ顔で。よほど俺がユグドラシルと一緒に風呂に入ったことが気に入らなかったようだ。

しかしながら、それがユグドラシルからからかわれているだけということもまた、デミウルゴスは理解している様子だった。機嫌を悪くしながらも「これがあやつの悪戯じゃとはわかっておるのじゃ」と口にし「じゃが。それでもモヤモヤしてしまうのじゃ。旦那様が他の女人と親しくしているのを見ると、胸の奥がドロドロと気持ち悪くなるのじゃ」と続けて告げた。

彼女の独占欲が殊の外強いことはシドの町で理解していた。俺が商業ギルドで受付嬢と話しをしていただけで不機嫌になっていたくらいだからな。とはいえ、彼女は幾星霜を生きてきて、初めて誰かを想う感情を覚えたのだ。初めて覚えた感情に、彼女もまだ振り回されている部分もあるのだろうと思う。

それに、俺としても彼女のことは言えない。もしも彼女の近くに他の男がいたらと想像すると、ひどく不愉快なものが込み上げてくる。きっと事情とか関係なく、俺は自分の感情を抑えられずに相手を攻撃する可能性は高い……結局のところ、俺もまだまだ未熟ということだ。

さて、しかしデミウルゴスと行き過ぎた逢瀬を重ねた結果、なんとか昨日の内にデミウルゴスの機嫌は元に戻った。そして今、彼女はというと……

「む〜〜……火加減を調整するというのは、なかなかに面倒なものなのじゃな……」

新しい家の厨房で、料理に挑戦していた。隣には俺が立ち、彼女のサポートに回っている。

今作っているのは先日の狩りで手に入れたチープガルーダに、森で取れた香辛料を塗《まぶ》して焼くだけというかなりシンプルな料理だ。もはや料理といえるのかも怪しいものだが、素材に手を加えているだけでこれは料理ということにする。そもそもまともな調理器具もない中でできることなんて限られる。今は空中にガルーダの肉を魔法で浮かせ、ゆっくりくるくる回しながら焼いている最中だ。

「がんばれ。初めてにしてはいい調子だぞ」

「うむ。最高の料理を旦那様に馳走して、喜んでもらうのじゃ」

火の調子を見ながら、真剣な表情で肉を回転させているデミウルゴス。

「――ふむ。このくらいでよいかのう？」

「どれどれ……うん。いいんじゃないか」

こんがりと焼けたガルーダ肉。わずかだが香草を使っていることで肉の臭みはそれほどでもない。表面が多少黒く焦げてはいるが十分に許容範囲だろう。

初めてにしてはうまくできている。元が創造神ということもあるから、もう少し大きく失敗をするかと思っていたが、俺の言うことは素直に聞くし、とても丁寧に作業をしていた。

まぁ、実際に問題なのは味なのだが……

「旦那様、食べてみてほしいのじゃ」

そう言うと、デミウルゴスは肉を少しちぎって俺に差し出してくる。

「熱くないのか？」

「む？　少し熱いが、火傷するほどではない。それよりも、ほれ。我の料理を食べるのじゃ」

ふむ。彼女は普通の人間より体が丈夫なようだし、熱にも耐性があるのかもしれない。

俺は口を開けて彼女の指から肉を頂く。しばらく咀嚼してから、ゆっくりと飲み込んだ。デミウルゴスはこちらを固唾を飲んで見上げてくる。彼女にしては珍しく緊張しているようだ。

「うん。初めて作ったにしては上出来だと思うぞ。ただ、少し火が強かったかもな。くべた薪が多かったのかもしれない」

「ふむ。そうか……失敗、というわけじゃやな」

小さく俯くデミウルゴス。俺は彼女の頭に手をおいて、ゆっくりと撫でた。

「最初なら誰だって失敗はするさ。それに、まずい、なんて俺は一言も言ってないぞ」

そもそも、大好きな妻が俺のためにと作ってくれた料理だ。たとえこれが暗黒物質であったとしても、俺は嬉々として平らげただろう。

「まぁ身内びいきがないとは言わないが、十分に美味いよ。今回は少し焦げただけさ。回数を重ねて、もっと美味い料理を食わせてくれ。待ってるぞ」

「う、うむ！　任せるのじゃ！　旦那様の胃袋を掌握し、我の料理なしには生きられない体にしてやるのじゃ！　覚悟しておれ旦那様！」

ふぅ。気を取り直してくれてよかった。それにどうも彼女は負けず嫌いなようだ。次の挑戦に向けての意気込みが伝わってくる。それに、俺としてもこいつといられる理由付けが増えるのはありがたい。それが料理というのは、なんというか「夫婦」という感じがしていいな。

※

さて。なぜ急に料理を作るという話になったのか。それは、昨日の夜。俺とデミウルゴスが二人で部屋にいる時だった……。

先日。デミウルゴスは俺の想いを疑ってしまったことを、改めて謝罪してきた。俺はむろん気にしてないと言うつもりだったのだが、それを口にする前に部屋の扉が勢いよく開け放たれ、

『男の子の愛を繋ぎ止めたいのなら、料理が一番だよ～！』

という発言と共に、ユグドラシルが突入してきたのだ。最初は訝しげに目を細めていたデミウルゴス。が、ユグドラシルが「妻の調理で旦那様を魅了」とか「胃袋を支配されたが最後、アー君は一生ディ～ちゃんと一緒」などと。デミウルゴスに色々と吹き込んだ結果「料理をし

たい」とデミウルゴスが言い出したのだ。

しかし右も左もわからない彼女にいきなり一人で料理をしろと言っても無理な話だ。そこで、俺が一緒になって料理を作るということになり、今に至るというわけだ。

俺としても誰かの……特に、愛する人からの料理が食べられるのであれば、願ったり叶ったりであると、料理を教えることを了承した。

そして、デミウルゴスと別れてから、少しだけユグドラシルと二人っきりになったのだが、

『昨日はちょっと、あの子に悪いことしちゃった。アー君も、ごめんね。でも……ディ～ちゃんがあんなに色んな表情を見せるようになってくれて、あたしは嬉しい……あの子をあんな風に変えてくれた君には、本当に感謝している。だから、これからもあの子のこと、よろしくね』

と、ユグドラシルは大人びた表情で、俺を見上げてそう告げてきた。それで、なんとなくだがわかった気がした。ユグドラシルは、本当にデミウルゴスが好きで、大切なのだ。だからこそちょっかいを掛けてしまっている……なんとなくだが、俺にはそう思えた。

デミウルゴスが消えた先を見つめる彼女は、本当に優しい眼をしていた。それはまるで、彼女が自称する、妹を見守る姉のようで……俺の中のユグドラシルの印象が、少し変わった瞬間だった。

※

「では、一緒に食べるとしようかのう、旦那様」

「おう。いただきます」

出来上がったデミウルゴスの料理を木の葉に載せて、先日宴会を行った食堂に移動。丸太のテーブルに料理を載せて、これまた丸太の椅子に腰かけ、二人だけの食事が始まった。

しばらくはお互いに食べさせ合いっこを続けていたのだが、不意にデミウルゴスが居住まいを正し、問い掛けてきた。

「そういえば旦那様。ずっと聞いてみたかったことがあったのじゃが、よいかの？」

「うん？　なんだ？」

どこか改まった様子のデミウルゴス。俺は肉を口に放り込むのをやめて、デミウルゴスに向き直った。

「うむ。二年前……我と旦那様がお互いの生死を賭けて戦ったじゃろ？」

「……ああ」

今でも思い出す。あの苛烈なまでの激闘は、後にも先にも俺の経験にはない。一手でも間違えれば即座に絶命していたであろう、綱渡りのような戦いだった。正直に言えば、同じことをしろと言われてもできる自信は全くない。

「あの時、我は旦那様に我が持つ最強の魔法を放った……『カタストロフ・ノヴァ』全てを無に帰す我の奥義……じゃが、旦那様はそれに耐え、我に取り付いて自爆魔法を使ったのじゃ」

そう。俺は自分の命を引き換えにして、デミウルゴスを葬ろうとしたのだ。その手段は、人間が持つ中で最も高い攻撃力を誇る『自爆魔法』を使うことだった。

「いくつか思い当たる節はあるのじゃが、いまだ断定はできておらん。旦那様はどうやって、我の魔法を耐え抜いたのか……あれはちょっとやそっとの防御魔法で耐え凌げるものではないはずじゃったのだが……のう？　一体どのような手段で、旦那様は我の攻撃に耐えたのじゃ？」

「ああ、そうか。確かに話したことがなかったな」

戦っている最中は、いちいち相手に説明している暇はなかったしな。しかし、デミウルゴスはそのあたりが気になっていたようだ。

まぁ、自分の切り札が防がれたら、その理由も気になるのが普通だな。むしろこれまで彼女が聞いてこなかったのが不思議なくらいだ。

「今更な問いじゃとは思うのだが、少し気になっておってな。もしも話して問題ない内容であれば、聞いてみたいのじゃが？」

「別に構わないよ。端的に言えば、あれは魔道具と俺が持っていた剣……『聖剣』の力によるものだよ」

「むう。やはり旦那様の使っていた剣は聖剣であったか。なんとなくそんな気はしておったが、案の定だったようじゃのう」

聖剣……特殊な能力を有した剣の総称である。一本一本が独特の能力を持ち、全く同じ能力は一振りとて存在しない。そのいずれもが持つ力は強大で、中には一度《ひとたび》振るえば大地すらも切り裂くような物もあるとか。だが、俺が使っていた聖剣は、どちらかというと防御寄りの能力に特化した物だった。ちなみに、強力な能力を有しながらも、使用者の命を奪うような代償が課せられる剣は、魔剣と呼ばれている。聖剣の力を祝福とするならば、魔剣のそれは呪いといって差し支えないだろう。

「聖剣【アイギス】……敵の魔法攻撃に対して、剣がマナを吸収することで使用者の防御力を底上げする盾の力を宿した剣だ」

剣という形状をしてはいても、その実は盾としての側面を持つアイギス。二年間の旅の中で、大陸のとある地下遺跡へ潜った際に手に入れたのだ。過去に栄華を極めた文明の有力者が眠る墓であり、盗難防止に設置された大量の罠に大歓迎されたのは笑えない思い出だ。

聖剣はその起源に謎の多い代物で、一説には大昔の賢者が鍛えたのだとか、伝説の存在であるエルフやドワーフが作ったとか、女神がこの世界にもたらした人間への恵みだとか、色々な説が囁かれているが、真相を知る者はいない。いや、しかしここには世界ができた当初から生きている創造神がいるんだった。

「なぁ、逆に訊きたいんだが、俺たちも聖剣や魔剣がどうして生まれたのは知らないんだ。デミウルゴスはもしかしてそのあたりのことは知ってたりはしないのか？」

「いや。あれらは我も知らぬうちに、いつの間にか発生していたのじゃ。とはいえ、我が知るだけでもかなり強力な能力を持つ物が多い。およそ人間には作れぬ代物だということはわかる。しかし我らと同質の存在が作り上げた物にしてはいささか稚拙じゃと言えるのう」

「てことは、やっぱりエルノやドワーフが」

「その可能性は高いのう。あやつらはマナの扱いに長けておったし、高い技術力を持っておった。この森の結界がいい例じゃと言えるじゃろう」

「なるほどな」

それを言われれば、俺も納得がいく。こんな森全体を覆う結界など、人間には作ることは不可能だ。そもそも原理すら解明できないだろう。

「じゃが、いかな強力な聖剣、魔剣も、我の魔法を完全に食い止めるには至らぬ。旦那様が所有していたアイギスであっても、その一本で防がれるほど我の魔法はやわではない。魔道具も使ったという話じゃが、人間の世界には我の魔法に対抗できるだけの道具があるのかの？」

デミウルゴスが話題を戻し、再び俺が彼女の魔法をどうやって防いだのか尋ねてくる。ただ、魔道具の件《くだり》で彼女は少しだけ顔を顰めたような気がする。

「ああ。確かに剣だけじゃお前の攻撃は防げなかった。だから、俺は大量にある物を準備した」

「ある物？　旦那様よ。もったいぶらずに早う教えよ」

「わかったわかった。そんな急かすな……俺が使ったのは、カムイ国で作られた魔道具だ……いいや、あの国では呪術具っていったか。まぁそれはいいとして。あの国では要人を守るために作られた道具──『人柱人形《サクリファイス・ドール》』っていう物があってだな。敵の攻撃を受けた際に身代わりになってくれる代物だ。それを、百体ばかり用意したんだ……正直、あれでかなり散財したよ」

ホーリーアップルにも引けを取らないほどに高価な魔道具。遺跡で手に入れた財宝や冒険者ギルドの依頼で稼いだ金をほぼ全てつぎ込んで、なんとか百体を購入したのだ。

「……聖剣にお前の放った魔法のマナを吸わせて威力を減衰させて、それでも貫通してくるダメージは人柱人形に肩代わりしてもらった、ってわけだな。まぁ、それでも完全にお前の一撃は防げなかったけどな」

「当然じゃな。我の攻撃が人間の作った道具ごときに防ぎきられてたまるものか。四強魔を生み出す前の我であれば、威力はあれの比ではなかったのじゃ」

「……もしかして……防がれたの、けっこう根に持ってないか？」

「ぬぁ!?」

あ、図星っぽいな。少し頬が膨れていたし、言葉の端々にトゲが滲んでいたしな。やっぱりこいつは負けず嫌いだ。

「む～……仕方なかろうが。仮にも神を名乗る我が、聖剣やら魔道具やらに負けたなどと……」

そう口にしたデミウルゴスは、自分で作った焼き鳥を口いっぱいに頬張って、頬をリスみたいに膨らませた。やばい。何この可愛い生き物。ユグドラシルが苛めたくなる気持ちがなんとなく理解できてしまった。これは反則だ。

ごくりと喉を鳴らして肉を飲み込んだデミウルゴスは、仏頂面を浮かべつつも、はぁ。と息を吐き出し、小さく言葉を続けた。

「じゃがまぁ……それで旦那様とこうして結ばれたのじゃと思うと……悔しいが。あの時我の一撃が防がれて、よかったとも思うのじゃ」

ポスンと、デミウルゴスが俺に身を預けてくる。腕に掛かるわずかな重みと、彼女の柔らかい銀髪が触れてくすぐったい。俺に体重をかけたまま、デミウルゴスは俺を見上げてくる。

「つくろうことはできぬ。我は悔しい。人間に、エルフに、ドワーフに、我の最強の一撃が防がれたのは……じゃが、それが些末事だと思えてしまうほどに、主とこうなれたことに、どうしようもないほどの幸福感を覚えてしまうのじゃ。じゃからのう、旦那様……」

デミウルゴスの手が伸びてきて、俺の頬に触れた。下から見上げてくる妻の表情は、少し複雑そうな、困ったような笑みに変わっていた。

「いずれあの敗北を笑い話にできてしまえるほどに、我を幸せにしてはくれまいか？　その分、我も主に、溢れる愛を与え続けるのじゃ」

その言葉を聞いた瞬間、俺の中で何かが弾けそうになる。というより、もはやこの場でこいつに覆い被さってしまいたい。

が、さすがに真昼間から盛ってはいられない。しかしこのあふれる衝動を鎮めることもまた不可能。であれば、ここは折衷案。俺は見上げてくるデミウルゴスの顎に指を添えて、キスをしようと顔を近づけた。デミウルゴスも雰囲気を感じ取ったのか、目を閉じて唇を差し出してくる。徐々に近づく俺たちの距離。あと少しで唇が触れ合う。

しかし、バン！　とロビーと廊下をつなぐ扉が開かれて、

「ああ～！　また二人でイチャイチャしてる～！」

世界樹の精霊、ユグドラシルが突入してきた。すると彼女の後ろから、四強魔たちもぞろぞろとロビーに入ってきた。

「あら、お母様？　こちらにいらしたんですね」

「すんすん……いい匂い……」

「え？　……あ、ほんとだ、いい匂いね」

「お、姉御にご主人様じゃねぇか」

龍神、ベヒーモス、フェニックス、ティターンが、順々に俺たちの存在に気付いて声を掛けてくる。俺とデミウルゴスは、彼女らに眼を向けた後、再びお互いに視線を交差させ、苦笑を浮かべた。

「……キスはお預けじゃな」

「みたいだな」

さすがに全員がいる中で、見せつけるようにキスはできない。少し生殺しな感じはするが、この気持ちは夜に持ち越すとしよう。

「実はのう。料理の練習を旦那様に付き合ってもらっておったのじゃ。出来栄えはあまりよくないが、お前たちも食べてみるかの？」

と、デミウルゴスは丸太テーブルの上に乗った焼き鳥を突入してきた全員に振る舞った。各々に反応の差はあれど、全員が「美味い」と口にしていた。

⁜

デミウルゴスの初料理から数日後……彼女の作った料理は、アレスだけではなく四強魔全員にも振る舞われ、練習の成果を全員に披露していた。中でもフェニックスは狂喜乱舞しそうな勢いで飛び上がり、主の料理を堪能。本来は食事を必要としない彼女たちだが、フェニックスは心の中が満たされる幸福を噛みしめていた。

「はぁ～。デミウルゴス様の料理……おいしかったわ～」

頬に手を当てながら、うっとりした表情で森の外に出たフェニックス。

その足取りは軽く、明らかに浮かれているのがわかる。

「よし！　今日もいっぱいアニマクリスタルを集めて、デミウルゴス様に褒めてもらうんだから！」

しかしフェニックスは両手を胸の前でぐっと握ると、意気込みを見せて歩き出した。主であるデミウルゴスに喜んでもらうこと、それがフェニックスの基本的な行動理念だ。そしてデミウルゴスの害悪になりかねない存在であれば、それが身内であっても容赦なく攻撃する。彼女にとってデミウルゴスは世界の全てであるといって過言ではないのだ。

「う～ん……この前はチープガルーダの群れが来てたみたいだけど、あれ以上の獲物ってこの辺にはいないのよねぇ……」

アレスたちが持ち帰ったアニマクリスタルを見たデミウルゴスは世界樹の成長が捗ると、嬉しそうに笑みを浮かべていた。フェニックスとしては、その笑みが自分ではない誰かに向けられていたことに、対抗意識を覚えずにはいられなかった。主のことをもっとも思っているのは自分自身であり、その期待に応えようと努力も欠かしていないという自負もある。

――それ故に。

「も～～う！　なんでこんなに魔物がいないのよ～～!?」

今の状況は彼女からしてみれば招かねざるものであった。いくら歩いても魔物の姿どころか影さえも見えない。気配を探ろうと索敵の範囲を広げてもダメ。いたと思っても身内の気配であったりと、本当に獲物が見つからない。

その理由は明白。近隣にいた魔物たちがほぼ全て、四強魔たちが集結したこの場から逃げ出したためである。魔物からすれば、自身より圧倒的な強者がいるとわかっていて、その場に留まる理由はない。更に言えば四強魔たちが近隣の魔物をほぼ狩り尽くしたというのもまた、魔物が見つからないことに拍車をかけていた。

「ああ、もう……なんだってこんな……はぁ～。仕方ない。元の姿に戻って、もっと広範囲を探してみよう」

人間の姿のままでは体の小ささも相まって獲物の捜索に時間が掛かる。ならば、多少マナの消費は激しくなるが、ここは空を飛べる本来の姿を駆使して探したほうが効率的だろう。そう考えて、フェニックスは元の姿に戻ろうと意識を収集させた。

――が、その時。

「っ!?　何!?」

ゾクリと。フェニックスの背筋に強烈な悪寒が奔った。とてつもなく巨大な気配。ともすれば『自分たち四強魔にも匹敵する』ほどの強力なマナの波動。それが、恐ろしいまでの速度で接近してくる。

気配がするのは空の上。フェニックスは首を伸ばし、上空を仰ぎ見る。視線の先。空から突如、一人の人物がこちらに向かって急降下していた。

「――ほぉ。わたしの気配を前にして、逃げないどころか怯えすらしないモノがいるとは驚きだな」

地面に何の問題もなく降り立った人物が声を発した。

先ほどまでの、デミウルゴスの料理を食べたことで浮かれていた気分が吹き飛ばされる。

明るい茶色の髪に、同色の鋭い瞳。中性的な顔立ちは、相手が男か女であるかの判断を難しくさせる。が、わずかに衣服を押し上げる胸部から、辛うじて相手が女性であることが判別できた。

「ふむ……このような僻地にそなたのような幼子がいるというのは、はて？　どういうことか？　迷子？　いや、このマナの気配……なるほど。そなた『魔性の類』か」

途端、目の前の女から圧し潰されそうなほどのプレッシャーが放たれた。フェニックスの本能が訴えかける。この相手は、確実にヤバイ。数多くの敵と戦ってきたからこその生物的本能が、今すぐにこの場から離脱しろと警鐘を鳴らす。

が、それを無理やり押し込めて、フェニックスは相手を睨みつけた。

「あんた、誰よ……？」

「相手に名を尋ねるのであればまずは自分から名乗るべきであろう。いかに子供とはいえ、礼節は弁えるべきではないか？　しかしまぁ、今回はこちらから名乗ることにしよう。わたしの名は【フレースヴェルグ】。偉大なる主に仕えし聖なる獣だ……さぁ、こちらは名乗った。次はそなたの番だ」

「意味のわからない自己紹介のくせに偉そうね。まぁいいわ、名乗ってあげる、私はフェニックス！　創造神デミウルゴス様によって生み出された、最強の魔物よ!!」

フェニックスが高らかに名乗った瞬間、フレースヴェルグの目が細められ、纏う空気がより鋭利に変化した。

「フェニックス……なるほど『貴様』が……わたしはどうやら運がいいようだ。まさかここで『怨敵』と相まみえることができるとは……その四肢、今すぐにでも引き千切ってやりたいくらいだ」

「何よ。あんた私を知ってるの？　生憎と私はあんたなんか知らないわ。けどまぁ……」

フェニックスの体が炎に包まれる。炎が弾けると、フェニックスは炎のような衣服を纏った戦闘形態に変化していた。彼女は奇襲を掛けるように飛び出し、

「――私の敵だってことは十分に理解したわ！」

炎を纏わせた拳を突き出して一撃を見舞った。

しかし、

「っ⁉」

彼女の拳が、見えない壁のようなものに阻まれて制止したのだ。

「小賢しい害鳥が……正々堂々と相対することもできんのか」

フレースヴェルグの視線が更に鋭さを増す。それを受けて、フェニックスの脳内に強烈な警鐘が鳴り響いた。見えない壁を蹴って、後ろに下がる。

すると、数瞬前まで彼女がいた場所を、鋭利な風が薙いだ。

「ふん。勘がいいな。さすがにこの程度は躱すか」

見れば、いつ間に手にしたのか。フレースヴェルグの手には一振りの直剣が握られていた。

「僥倖……貴様がここにいるということは、魔神もこの近くにいるということ……そしておそらくは、あの方も……」

「あんた、さっきから何言ってるのか本当にわからないんだけど……？」

「別に貴様の理解など求めてはいない……が、魔神の居所、世界樹の在処……そして、『我が導き手たるアレス様』がどこにいらっしゃるのか……貴様の腸を引き摺り出しながら問うとしよう」

「っ！　この、できるものなら……やってみなさいよ‼」

フェニックスは火の粉のようなマナを体から放出し、フレースヴェルグへと向かって駆けた。

⁜

「――ん？」

「どうしたのじゃ、ユグドラシルよ？」

いつものように、世界樹の種子にマナを注いでいたデミウルゴス。膝を突いて種子に向き合う彼女の傍らには、ユグドラシルも付き添っている。そのユグドラシルが眉をピクリと反応させて、上空を見やった。

すると彼女は、デミウルゴスに向き直り、普段は見せないような険しい表情で眉を寄せ、硬い声を出した。

「ディーちゃん……ちょ〜っとマズいことになってるかも」

「何？」

能天気に、事あるごとに「大丈夫」と口にする彼女が「マズい」と口にしたことにデミウルゴスは緊張感を覚えた。ユグドラシルはお調子者なところはあるが決して危機感に欠けるわけではない。長い時間、世界を見守って生きてきたからこそ、不測の事態が起きた時に、それが最悪の事態に陥るかそうでないかをしっかり見極めることができる。そのユグドラシルから「マズい」という単語が出てきたということは、本当に危機的状況が訪れているということなのだろう。

「森の外に、何か来てる……気配は一つ。友好的な感じじゃないね……今、フーちゃんが戦ってるみたいなんだけど……相手の気配が、フーちゃんよりずっと強い……下手をすると」

「まさか、我の眷属が負けると言うのか!?」

デミウルゴスは思わず立ち上がった。自分が生み出した最強の眷属が、どこの誰とも知れない輩に敗北するかもしれないと聞かされ、デミウルゴスの眉がつり上がる。

しかしそれを受けても、ユグドラシルは取り繕うことなく、デミウルゴスの言葉に首肯した。

「最悪の場合は……それだけ、外にいる敵の放ってくるマナの気配が強いの」

「ありえぬ！　四強魔は我が心血を注いで生み出した最強の魔物たちじゃ！　いかに力衰えようと、その辺の相手に力で劣るなど考えられぬ！」

普段の冷静な態度が崩れ、取り乱したように声を荒立てる。ユグドラシルはそんな妹を下から見上げ、真剣な表情で妹を宥めた。

「ディーちゃん、冷静になって。信じたくない気持ちはわかるけど、このままじゃフーちゃんが殺されちゃうかもしれないんだよ？」

「っ⁉」

さすがにここまで言われてはデミウルゴスも言葉を失った。如何に小さな見た目でも取り乱すデミウルゴスを窘める姿は本当に姉のようである。

「フーちゃんの位置からだと、アー君が一番近い所にいるね……あの子に連絡を入れてみる。今のあたしなら『根』を通して思考を飛ばせると思う。それと同時に、他の四強魔にも意思を繋いでみるね」

ユグドラシルは世界樹が世界に張った根を通して外界の情報を把握することができ、更には根の太さによっては近くにいる者に向けて意識を飛ばすこともできるのだ。

ユグドラシルはそれによって、最もフェニックスに近い位置にいるアレスに救援を頼もうとしていた。他の四強魔にも声を掛けてはみるが、お互いの位置が離れすぎている。魔物の減少で遠方まで足を延ばしてしまったのだ。

「頼む……旦那様なら、その敵に勝てると思うかの？」

「それはさすがにあたしでもわからない。でも、アー君ならなんとかしてくれるよ。きっと！」

希望的観測を口にしながらも、ユグドラシルはどこか確信をもって口にする。全盛期のティターンやデミウルゴスとも善戦したアレスであれば、この状況をなんとかしてくれる。ユグドラシルは妹が愛した相手を信じて賭けることにした。

「それじゃ、意識を繋ぐから、少し集中するね。ディーちゃんはどうする？」

「我は……」

ユグドラシルは既に自分がやるべき行動を決めた。なら、自分は一体何をすべきか。

僅かに。デミウルゴスは目を閉じ、今の自分にできることを脳裏に思い浮かべる。

目を開けた彼女は、その瞳を真っ直ぐにユグドラシルへと向け、力強く言葉を発した。

「我は、我のできることをしよう。ユグドラシルよ。我は旦那様のもとに向かう。フェニックスとの合流地点の間に旦那様を誘導してはくれんかの？」

「わかった。でも、あまり時間はないから、急いでね。ディーちゃん」

「うむ、では、行ってくるのじゃ！」

デミウルゴスはユグドラシルに背を向けて、森の外へ向けて駆け出した。

愛する我が子《フェニックス》を、救うために——

※

最近は魔物の数が減少傾向にある。俺は普段よりも森から離れ、魔物の姿を探していた。

「ここまで来ても、魔物の気配が全くないか……これはいよいよ、森から離れて魔物を探すことを視野に入れて動かないとマズいな」

以前からずっと懸念していたことだが、ここに来て問題が本格的に表面化してきた。このまま ここで狩りを続けても世界樹の成長は進まない。デミウルゴスのマナの供給だけでは世界樹の成長は促せないのだ。最近では大気中のマナを吸収することもできるようになったとユグドラシルは言っていたが、それだってどれだけ成長の促進に繋がるか……世界の衰退は刻一刻と近づいてきている。

行動を起こすたびに何かしら問題が起きてきたが、四強魔がこの間に揃った以上はこれ以上の面倒事は起こりようもないはず。もういい加減に動き出すための算段を立てなくては。

「つっても。まずは今日の収穫がゼロって事態だけは避けないとな。もう少し遠出してみるか」

もうこの辺りに魔物はいない。『ハンター』のジョブで周囲は探し尽くしてしまった。ならばもっと捜索範囲を広げていくしかない。はぁ〜、今日の帰りは遅くなりそうだな。

と、肩を落とした瞬間。

「っ!?　何だ……？」

今、何かとてもなく大きなマナの流れを感じ取った。一瞬、肌がピリつくような強烈な波。気配の出どころと思われる場所に視線を移動させる。

《――アー君！　聞こえる!?》

と、不意に脳内で声が響いてきた。聞き覚えのある声。俺は慌てて辺りをぐるりと見渡す。

しかし、声の発信者と思われる相手は見当たらなかった。

《あたし、あたし！　ユグドラシルのユーちゃん！　アー君！　聞こえてる!?　フーちゃんが大変なの！》

「てっ!?　ユグドラシル!?　お前、今どこにいるんだ!?」

声は聞こえるが姿は見えず。いやそもそもどこからか声が聞こえてくるというよりは、何か耳に直接声が入ってきているような……

《詳しい説明は後でするから！　今はあたしの言葉を信用して！　とにかく急いでほしいの！　そこから西に真っ直ぐ！　途中でディーちゃんと合流すると思うから！》

西……さっき妙なマナの流れがあったのも、確か同じ方角……マナの感知がそれほど優れていない俺でもここまで強烈なマナを感じ取ったということは、発信源は四強魔に匹敵するか、それ以上の力を持った何かがこの地に来ているということか。

「わかった、すぐに向かう！　というか、デミウルゴスが外に出たのか!?」

気配は現状一つだけだが、これが複数になる可能性だってもちろんある。そこに思い至らないほど、あいつの頭は弱くない。それだけフェニックスのことが心配でじっとしていられないということか。

《アー君、お願いね！　他の子たちにも連絡はしてみるけど、すぐには合流できないと思う》

それを最後に、ユグドラシルの声は聞こえなくなった。

俺は彼女の言葉に従って、西に向けて駆け出した。フェニックスがそうやすやすとどうにかされるとは思えないが、感じ取ったマナの強大さを考えると急いだほうがよさそうだ。

脚力を強化するようにマナを巡らせ、俺は足の回転を更に速めた。

⁜

「はぁ、はぁ、はぁ……っ！　この！」

全身に裂傷を走らせたフェニックス。それに対して、相手のフレースヴェルグは全くの無傷であった。

「ふん……怨敵と意気込んで相手にしてみれば、この程度か……」

「舐めるな！」

悠然と剣を構えるフレースヴェルグに、フェニックスは果敢に挑み続けた。

遠距離から炎魔法を放つ。仮に防がれても、炎の属性の魔法は爆発する、という性質を利用して目をくらまし、相手の懐に入り込んで拳撃を繰り出す。

「ふん……動きが単調すぎる」

しかし、フレースヴェルグはなんら慌てることなく、フェニックスの拳と自身の体との間に剣の腹を滑り込ませ、やすやすと受け止めて見せる。ギンという甲高い音が草原に響き渡った。

それでもフェニックスは動きを静止させることなく、防がれた拳をすぐに引く。姿勢を地面すれすれまで低くし、両腕で体重を支えると相手に足払いをお見舞いした。

仮にフレースヴェルグが上に跳ぼうが、バックステップで後ろに引こうがフェニックスは追撃ができる。飛べば脚を蹴り上げ、下がれば魔法を間髪入れずに打ち込む。

一度でも相手の体勢を崩すことができれば、小柄なフェニックスは相手の懐に入り込んでの連撃を繰り出せる。密接しすぎた状態では、その手に持った剣で斬りかかるのは難しい。

だが、フレースヴェルグは彼女の予想を裏切り、

「いっ!?」

フェニックスの腕に鈍痛が奔る。何とフレースヴェルグは、足払いの始点になるフェニックスの両手を逆に蹴り返してきたのだ。

それによって逆にバランスを崩されたフェニックス。地面とキスをする寸前、まだ振り回す寸前だった足をバネにして、フレースヴェルグに頭からの突進を試みた。

「がっ！」

しかしフレースヴェルグは剣を片手に持ち替えると、フェニックスの側頭部に裏拳をお見舞いして真横に吹っ飛ばした。

「軽い……貴様の一撃は全てが軽すぎる。弱者相手であればその真綿のような拳でも効果はあるのだろうが、わたしを相手にするにはいささか荷が勝ちすぎている。デミウルゴスが生み出した魔物というからどれ程のものかと思えば、所詮はその程度か」

追撃してくるでもなく、飛ばした相手を見据えて肩を落とすフレースヴェルグ。

フェニックスは頭部を打ち据えられた影響か、立ち上がっても体がふらついていた。

それでも、霞む視界でフレースヴェルグを捉え、奥歯を噛みしめた。

「調子に乗るな……私は、デミウルゴス様に生み出された……最強の魔物よ!!」

途端、フェニックスの体からマナの嵐が吹き荒れ、全身が炎に包まれる。紅蓮の渦を巻くように彼女を取り囲んだ烈火はまるで卵のような形になる。

「ほぉ……」

フレースヴェルグは目を細めて炎の卵を見やる。すると、卵の内側から巨大な翼が出現。まるで殻が割れるように炎が散ると、中から黄金の体毛に覆われた鳳《おおとり》が現れた。虹色の尾羽を靡かせ、炎が揺らめくような翼は大気を震わせるように羽ばたいた。

フェニックスが本来の姿に戻ったのだ。

「それが貴様の真の姿か……」

『私を侮辱することは我が主を侮辱するということ……その罪、万の死をもってしてもなお許し難い……その魂、永劫の煉獄に叩き落としてあげましょう!』

擬態を解いたフェニックスが猛禽の瞳でフレースヴェルグを睨み据える。並みの生物であればこれだけで委縮して身動き取れなくなるだろう。

だが、フレースヴェルグは口元に凶悪な笑みを浮かべ、フェニックスと対峙する。

彼女の不敵な態度に苛立ったフェニックスは、両の翼に魔方陣を展開。羽ばたきと同時に数百度を超える炎の弾丸が数十発撃ち出される。力をセーブしていた先ほどとはまるで桁外れな威力を持った魔法。地面に着弾するなり小規模な爆発を無数に引き起こし、爆風が辺り一面を吹き飛ばしていく。

「――ちっ、さすがに先ほどまでと比べると威力は上がっているか」

もうもうと上がる煙からフレースヴェルグが飛び出し、舌打ちをしながら地面を駆けた。

『逃がさない！』

フェニックスは尚も翼から火炎弾を撃ち出し、フレースヴェルグに追撃をかける。

フレースヴェルグは迫る魔法を素早い身のこなしで躱していく。着弾による爆風も、最初にフェニックスの一撃を防いだ不可視の壁……風魔法の『ウィンド・ヴェール』で受け止める。

『ちょこまかとすばしっこい……『フレイム・ピラー』！』

「くっ！」

フレースヴェルグの進行方向に、炎の柱が吹き上がる。飛び退いて回避した先にも炎の柱が出現し、フレースヴェルグはまるで踊らされるように翻弄される。

「っ!?」

と、不意にフレースヴェルグは気づく。自分の周囲が、完全に炎の壁に囲まれていることを。

しかも、突如として周囲が暗くなる。頭上を仰ぎ見たフレースヴェルグ。するとそこには、巨大な魔方陣を展開したフェニックスの姿があった。

『これ以上の逃げ場はありませんん……さぁ！　貴様の全てを消し飛ばしてあげます！』

フェニックスの正面に展開された魔方陣が眩い光を放ち、

『――『ソル・エクスプロード』!!』

摂氏数千度を超える、小さな太陽が形成される。

『塵も残さず消えなさい！』

フレースヴェルグに向かって太陽が落ちる。生物の営みを支える命の光ではなく、敵を焼き尽くさんとする破滅の極光。

数多の命を散らす災厄が、フレースヴェルグに向かって下降していき……

周囲一帯を吹き飛ばす、巨大な爆発が巻き起こった。

『……終わりましたか。これで――っ!?』

全てを見届けたフェニックスが、小さく息を漏らした。しかし、背後に気配を感じ、振り返ったその刹那、

『ああああああああああああ――!!』

フェニックスの翼を、銀色に輝く『何か』が貫いた。フェニックスは、本来の姿を支えるマナを維持できず、幼女の姿に戻ると、錐揉み状に地面へと落下していった。

※

「――旦那様！」

全力で走る俺の斜め向かいから、銀の長髪を乱して駆け寄ってくるデミウルゴスの姿が見えた。俺を呼ぶ彼女の手の中には、遠目にも長い何かが握られているのがわかる。

俺は急制動を掛けて脚を止め、デミウルゴスと合流した。彼女は息を切らし、しかし呼吸が落ち着く間もなく悲痛な声を上げた。

「はぁ、はぁ、はぁ……だ、旦那様、フェニックスが！」

「ああ。ユグドラシルから聞いてる。俺も、妙な気配を感じ取った」

「うむ。よもやフェニックスが早々に敗れるとは思えんが、相手の得体が知れぬ」

デミウルゴスは小さく眉を寄せ、視線を自身の手元に下ろす。俺も倣って彼女の小さな手に握られている物を確認。するとそれは、どうにも見覚えのあるもので……

いや、あるなんてものじゃない。こいつは……

「デミウルゴス、それはもしかして」

「うむ。我の記憶にある、旦那様がかつて使っていた『剣』じゃ」

やっぱり。彼女が持つには少し大きい分厚い刀身を持った長剣。少し前。デミウルゴスとの話題にも上がった――聖剣『アイギス』で間違いなかった。

「旦那様の話と、我の記憶を頼りに創造したのじゃ」

彼女の言葉に、俺は思わず目を見開いた。人間の世界では伝説級のアイテムを、この創造神様は模倣したと口にしたのだ。いや、本来の力を持つ彼女であれば造作もないことなのかもしれないが、今の彼女ではとても作るのは不可能な代物ではないのか。

「デミウルゴス。もしかしてお前、力が完全に回復したのか!?」

俺は思わずデミウルゴスの肩に手を置いた。しかし彼女は首を左右に振り、目を伏せて申し訳なさそうに呟く。

「我はもう全盛期の力を取り戻すのは無理じゃ。前に言うたであろう。コアが傷ついておるのじゃ……この剣は、形だけを模した鈍らじゃ。過去に旦那様が使っておった本物とは似ても似つかぬ贋作……しかし、今の我ができる精一杯を詰め込んで創造したのじゃ。一度だけであれば、旦那様が言うておった、『相手が発動した魔法のマナを吸収する力』が使えるのじゃ」

デミウルゴスはどこか自虐的な笑みを浮かべて、剣を差し出してくる。俺は彼女から剣を受け取り、握った感触を確かめた。しかしよく見れば、デミウルゴスの顔色が少し悪い。おそらく、この剣を創造するのに無茶をしたのだろう。ただでさえ白い顔が青白くなっていた。

「これが、我のできる今の精一杯……限界なのじゃ。我ながら情けなくて自分が嫌になる。できることなら、我自身がフェニックスのもとに駆け付けたい……それのできぬことの、何ともどかしいことか……ティターンの時も、主に任せてしまった……我は、無力じゃ」

自分の腕を握り、唇を噛みしめるデミウルゴス。小さく肩を震わせる彼女の姿は痛ましい。

俺は咄嗟に慰めの言葉を口にしようとした。だが、言葉が喉まで出掛かったところで、デミウルゴスは顔を上げて真っ直ぐに俺を見つけてきた。

「じゃが、卑屈になって何になる……我の失った力は今、旦那様の中にあるのじゃ。なれば、我はその力を信じ、託すのみ……じゃから、どうか旦那様よ……フェニックスを、

——我の『家族』を助けてくれ!!」

……俺はどこかで、彼女を甘く見ていたのかもしれない。力を失い、脆弱になった彼女は人

間と大して変わらない。その事実を前に、彼女の心まで弱くなっているのではと侮っていた。

だが、彼女は己の弱さを受け入れている。できないことを嘆き、引き摺るのではなく、できることを探して無様でも足掻く……その、何と気高き魂だろうか。

俺は手にした剣の柄をより強く握りこむ。自分の中に、彼女と同じ魂が宿っていることを、心から誇りに思えた。

愛する妻から向けられる期待の眼差しに、俺は大きく首を縦に振って、力の限り答えた。

「――ああ、任せろ！」

⁜

黒く焼け焦げた大地に、小さな体が横たわっている。

「あ、ぐぅ！　なん、なのよ、今の……」

フェニックスは肩口に大きな穴が穿たれており、そこから鮮血が溢れて半身を染めていた。戦闘形態も解けて、ワンピース姿になっている。

赤い絨毯が地面に広がるのに対し、フェニックスの顔色はひどく青白い。

四強魔としての体の頑丈さが幸いし、高所からの落下による死亡は免れた。それでも、強かに打ち付けた体はまるで動いてはくれない。おそらくは骨も折れているだろう。

苦痛に表情を歪めるフェニックスの前、焼けた地面から上がる煙を払い除けるようにして、フレースヴェルグが姿を現した。衣服が若干焼け焦げているが、それ以外はほとんど無傷。

悠然とした態度で、おもむろにフェニックスのもとまで歩いてくると彼女を見下ろした。

「先ほどの一撃は見事であったと褒めるべきだろう」

上から目線で物を言うフレースヴェルグに、フェニックスの目がつり上がる。しかし睨み付けるのが精一杯で体は動かすことができない。

「さて、これだけ痛めつけられてもその目に恐怖は見られない。であるならば、大人しくこちらの問いには答えてはくれないだろうな……あえて無駄を承知で訊くが、魔神と世界樹、そして、アレス様の居場所を教える気は」

「あるわけ……ない、でしょ……」

「そうか……答えてくれれば楽に逝かせようとも思ったが、やはり腹の中身を引き摺り出して尋問するしかないようだ……」

フレースヴェルグは冷酷にそう告げると、フェニックスを仰向けに転がして腹部に剣の切っ先を突き付けた。痛む体を無理やり動かされてフェニックスは悲鳴を上げそうになる。しかし敵を前にして無様を晒すまいと瞳に涙を滲ませつつも唇を血が滲むほど噛み締めて堪えた。

「すぐに吐けばそれだけ苦痛は少なくて済む。こう見えても甚振《いたぶ》る行為はあまり好きじゃないんだ。できればさっさと口を割ってくれることを願うぞ」

そしていよいよ、剣の切っ先がフェニックスの薄い腹に触れた。

しかし、フレースヴェルグの剣がフェニックスの腹を裂くことはなかった。それどころか彼女は、『何者』かが発する強烈な威圧感と怒気に晒されて、全身の肌が粟立った。

それと同時に飛来したのは、先端が鋭利に尖った無数の石礫であった。咄嗟に『ウィンド・

ヴェール』を展開したフレースヴェルグだが、数発の石弾が彼女の頬を霞め、皮膚を浅く抉った。フレースヴェルグの背筋を強烈な悪寒が駆け抜け、彼女は大きく後方に飛びのいた。

生物的な本能が、原始的な恐怖を呼び起こす。フレースヴェルグはここにきて初めて額から汗を流し、突然現れた声の主を見やった。

「――小さい女の子相手に、さすがにやりすぎじゃないか？」

「誰だ、貴様は……？」

「それはこっちのセリフだと思うんだがなぁ」

視線の先にいたのは、一人の男性。彼はフェニックスを庇うように前に出た。鍛え抜かれた体付きをしていること以外、特筆して語るほど特徴のない相手だ。しかしその身から溢れるマナの色は独特で、更に言えば人間が持つには『あまりにも異常な量』が感じ取れる。

そして、四強魔を戦闘不能にまで追い込んだ自分を怯ませた相手。それだけの情報が揃えば、おのずと目の前にいる男性が誰であるかの見当が付いた。

「まさか……貴様……いえ、貴方様は……」

途端、フレースヴェルグの中から恐怖の感情が消え失せ、代わりに歓喜が溢れてくる。

……『勇者』アレス……――アレス・ブレイブ様！

間違いないと、フレースヴェルグは確信する。まるで片思いでもした少女のように頬を染めるフレースヴェルグ。

しかしアレスはそんな彼女の様子など気にしたそぶりもなく、瞳を鋭く細めて招かれざる来訪者を睨みつける。

「お前がどこの誰かは知らないが……さすがに訳もわからず家族を傷付けられて、それを許せるほど俺もお人好しじゃなくてな……悪いが容赦はないと思ってくれよ、お嬢さん」

声に怒りを宿らせて、アレスは最愛の女性から受け取った剣を構え、全身からマナを溢れさせた。

※

デミウルゴスと別れた俺は、強烈なマナの波動を感じ取る。それと同時に、巨大な爆音と熱波に襲われ、揺れる平原の大地を踏みしめて転倒を堪えた。

「今のは……」

どことなく覚えあるマナ。しかしそれに思考を割く間もないまま、突如大きな悲鳴が鼓膜に入ってきた。体に緊張感が走る。

一つ丘陵を越えた先。そこに広がっていたのは真っ黒に焼けた大地と、一部が高熱によって硝子化した大地であった。モノが焼ける臭気が鼻を突く。そんな中、地面に横たわる小さな少女と、見知らぬ茶髪の人物、二人の姿が俺の視界に入ってきた。

倒れているのはもちろんフェニックスだ。その上に覆い被さる何者か。しかもそいつは、フェニックスの腹に剣の切っ先を突き付けている。

俺は頭がカッと熱くなるのを感じ、俺の脚は全力で彼女たちに向かって駆け出した。同時に魔法陣を二つ、体の左右に展開する。

「穿て――『ストーン・エッジ』！」

魔法陣が淡く輝き、先端が尖った石弾が一つの魔法で三十発。二つで合計六十以上が放たれる。初級の土属性魔法で、主に牽制などで用いられる。

飛翔する石の弾丸がフェニックスに覆い被さった人物に殺到するが、その大半は不可視の何かに弾かれてしまう。しかし、いくつかは相手の防御を貫通してその頬を掠めて背後の地面を抉った。

相手が後ろに下がったのを見て取った俺は、フェニックスに駆け寄ってそのまま彼女を背後に相手と対峙する。

こいつ、女か……ライトブラウンの髪に、同色の鋭利な瞳が俺を睨んでいる。中性的な顔立ちで、一見すると男女の判断に惑う。しかしわずかに隆起した胸とくびれた腰を見る限り、目の前にいる人物が女であるとわかった。

「小さい女の子相手に、さすがにやりすぎじゃないか？」

「誰だ、貴様は……？」

「それはこっちのセリフだと思うんだがなぁ」

問い掛けてくる女に、俺は声の抑揚を抑えて返し、小さく振り返ってフェニックスの状態を確認した。仰向けから、ズリズリと地面を這うようにして横たわり、俺に目線を向けてくる。

「あん、た……何しに、来たのよ……」

立ち上がることもできないのか、横たわったまま声を掛けてくるフェニックス。

掠れた声。血に染まった半身。見れば、彼女の肩口には大きな穴が穿たれており、ギリギリ繋がってはいるが今にも千切れてしまいそうだ。体の至る所に走る切り傷は、明らかに彼《か》の女性が手に持つ剣のよるものだろう。今まで小さな怪我ひとつしてこなかった四強魔のフェニックスが、息も絶え絶えの瀕死になっている。

「まさか……貴様……いえ、貴方様は……」

十メートルほどの距離を開けて対峙する謎の女。彼女は突然現れた俺に警戒心をむき出しにしていたが、目を開いたかと思えば今度は破顔したかのように相貌を崩す。

「お前がどこの誰かは知らないが……さすがに訳もわからず家族を傷付けられて、それを許せるほど俺もお人好しじゃなくてな……悪いが容赦はないと思ってくれよ、お嬢さん」

相手の反応の意味がわからず首を傾げたくなるが、それよりも俺の中に渦巻く烈火が無秩序に外へ噴き出るのを抑えるのに必死だった。

怒りのままに剣を振り回し、目の前の女を切り伏せたい衝動に襲われる。しかし相手の力量も、フェニックスを攻撃した理由も不明な内から不用意に飛び出すわけにはいかない。

戦いの場において冷静さの欠如はそのまま敗北の要因となる。心には幾らでも薪をくべて熱くなろうと構わないが、頭まで熱くなってはいけない。

目の前にいるこいつは、仮にも四強魔であるフェニックスにここまでの手傷を負わせた相手なのだから。

それにこの気配……見た目こそ普通の女だが、『本当にただの人間』なのか？　どことなく、俺は目の前の相手に四強魔と似たものを感じ取っていた。

「状況的に見てもお前だな、フェニックスをここまで痛めつけたのは」

それでも、感情の高ぶりによって俺の体からはマナが溢れ出てしまっていた。手にした剣の柄をギリギリと締め上げて、中段に構えを取る。

問いを投げられた相手は、緩んだ表情を引き締めなおすと姿勢を正し、何と深々と頭を下げてきた。

「その通り……わたしの名はフレースヴェルグ。そして、もしや貴方様は、アレス・ブレイブ様ではございませんか？」

「っ！　お前……俺のことを……」

「はい。存じております。ただ、お会いするのは今日が初めてではありますが……そうですか。やはり貴方様が……お会いできて光栄でございます。では、わたくしのことはどうか気軽に、ヴェル、とでもお呼び下さい、アレス様」

フレースヴェルグ……俺はこの女を知らない。だが、相手はどうやら俺を知っているようだ。

いや、勇者として良くも悪くも俺は有名人だ。自分で言うのもなんだが。

しかし、会ったことない彼女がこの場で俺をアレスと断じたということは……もしかしてここに俺がいることを知っていた？

ここはシドの街道からも大きく外れた僻地も僻地……人の姿を見た記憶だってない。そんな場所に俺がいることを知っているという時点で、この女の怪しさは俺の中で急上昇する要因でしかない。

そもそも、彼女の俺に対する対応は、こちらを勇者と知っているなら不自然なほど丁寧だ。巷での俺は根っからの嫌われ者……嫌な顔こそ浮かべられても、このような肯定的な態度を取ってくるものだろうか？

「まさか貴方様の方からこの場に参上していただけるとは、まさしく僥倖……後ろで這いつくばる害鳥を拷問する必要がなくなりました」

「っ……お前、こいつに何をしようとしていた……？」

「いくつか質問しようとしていただけのこと。大人しく答えてくれれば、その時は苦しませることなく冥府へ送って差し上げるつもりでした」

美しい姿勢を維持したまま物騒なことを口走るフレースヴェルグ。彼女の言葉は俺の意思を確実なものとして決定づけるものになった――こいつは本当に、俺たちの敵である、と。

が、次の瞬間に出た彼女の言葉に俺は耳を疑うこととなった。

「残すは世界樹の在処のみ。貴方様がご健在であるうちに訊いておくと致しましょう。世界樹の種子は、いったい何処にあるのですか？」

「なっ!?　お前、そのことを何処で!?」

「主より全て聞いております。世界樹のこと、魔神のこと、魔神に侍る四体の害獣のこと……そして、あなた様のことも、全て……」

「主？　そいつは誰だ？　それにお前も……一体」

人間の世界において世界樹は伝説の存在。どこにあるのかはもとより、実在するかも怪しまれている。その存在を知る者は、俺を含めればデミウルゴスと四強魔、あとは世界樹本人であるユグドラシルだけ。

だというのに、種子の存在まで知っているなどもはや不審を通り越して異常の域である。

ますますもって目の前の人物に警戒心を抱くことになるとは思ってもみなかった。

「先ほども名乗りましたが、わたしはフレースヴェルグ。偉大なる主により生み出された聖なる獣。忠実な臣にして、『人間に試練を与える者』でございます」

胸に手を当て、まるで唄うように自身のことを語るフレースヴェルグ。しかし俺には彼女の言葉の意味を少しも理解できなかった。

「アレス様。して、世界樹はいずこに」

「その問いに答えるわけにはいかない。訳のわからないお前に対してはなおのことな」

目の前の女が普通の人間であったなら、フェニックスを攻撃した理由も納得ができる。だがこいつのあまりにも知りすぎている異常性を考えると、魔物に苦しめられた人間、としてフェニックスを襲ったとは思えない。

俺は彼女と応答しながら、背後のフェニックスを気に掛ける。耳に届く苦しげな呼吸と呻き。

俺は剣を片手に握りなおし空いてた腕を後方に回し、

「む？　アレス様、何を」

「――『キュア・サークレット』！」

常時回復状態を付与する、支援型の回復魔法をフェニックスに発動した。

「ア、レス……これ……」

「しばらく動かずじっとしてろ」

これで、フェニックスの怪我は自動的にある程度は癒える。生命力の強いこいつなら、これで危機的状況は脱せるはず。しかし、フレースヴェルグは驚愕に表情を染めて、身を乗り出して声を荒立てた。

「アレス様！　何をなさっているのですか!?　その者は世界の害悪たる魔神の眷属！　そのような回復魔法の使用は、今すぐお止め下さい！」

「……悪いがそれはできない」

「なぜ!?」

なぜ？　そんなもの、訊くほうが間違っている。こいつは俺の……俺たちの、

「家族が苦しんでるんだ。見て見ぬふりができるかよ！」

「っ!?　家族……その害鳥が、貴方様の家族、ですと……？」

「それと、魔神が世界の害悪という先ほどのセリフ、取り消してもらおうか。あいつは誰よりも世界のことを考え、誰よりも心を砕いている偉大な神だ。そして、俺の最愛の妻でもある。あいつへの侮辱はたとえ相手が『女神だろうと許さない』！」

俺の言葉を前にして、フレースヴェルグが唖然とした面持ちで口を開き、しかし次の瞬間には息を一つ吐き出し、まるでこちらを憐れむように見つめてきた。

「なるほど……これは重篤だ。まさか魔神の魂による影響が、そこまで深刻に貴方様を蝕んでいようとは……」

「痛ましい」と彼女は悲痛な面持ちで俺を見つめてくる。本気でこちらの身を案じていることが伝わってくる、この強烈な違和感に、俺は気味の悪さを感じてしまう。

俺はフェニックスを背後に庇いながら、目の前の女性に意識を向け、いつでも動き出せるように体中にマナを循環させていく。

「やはり、あの御方のご命令通り、この場で貴方様の命を絶たねばならないようだ。胸は痛みますが、致し方ありません。これが貴方様を救う道となるのであれば、是非もなし」

フレースヴェルグが言葉を紡ぎながら、ゆっくりとその手に持った剣を正眼に構え、

「アレス様。今、正気に戻して差し上げます――お覚悟を！」

疾風のごとき速度で肉迫してきた！　ベヒーモスにも劣らぬその速度。さながら風が形を成したかのようだ。

俺の視界には既に彼女が首目掛けて剣を振るう姿を捉えていた。刃をすんでのところで滑り込ませて彼女の斬撃を受け止める。

しかし剣を間に割り込ませた上から、押し込まれるような力強さを受けて、俺は足に力を入れてその場に踏みとどまった。

ここで俺が彼女の勢いに押されて後退、ないし飛ばされてしまえば、後ろのフェニックスが無事では済むまい。

「お見事……わたしの剣速に即座に反応できるとは。さすがは我らの導き手。惜しむらくは、その身に余計なモノが混ざってしまっていることでしょうか。できれば健全な状態で、貴方様とは剣を交えたかった」

ギチギチと軋むような音を立てて鍔競り合う俺とフレースヴェルグ。その細い腕のどこにこんな力があるのかと疑いたくなるほどの膂力。気を抜けば押し負ける。

「さっきから、お前の言っていることの意味は一つもわからないぞ……俺を敬ってるのか、殺したいのか……どっちだ！」

俺は彼女の足元に魔法陣を展開し、『ロック・グレイブ』を発動させて一本の石柱をもってフレースヴェルグに一撃を入れた。

しかし彼女はすぐに後退。俺と彼女は間に石柱を隔てて睨み合う。

「貴方様のことは敬愛しております。なればこそ、そのお命を頂戴するのです」

そうのたまう彼女だが、やはり俺は内心で首を傾げるばかりで彼女の真意をつかむことができない。

いや、惑わされるな。こいつはフェニックスを傷つけ、デミウルゴスを侮辱した。更には世界樹と俺の命までも奪おうとしている。ならばこいつは純粋な敵だ。奴の言葉に振りまわされるな。ここは戦場で惑えば死ぬ。

なら俺がやるべきことは一つ。この敵をここで倒すのみ！

「はぁ――――！」

俺はデミウルゴスから託された剣にマナの膜を纏わせて強化し、目の前の石柱を突き崩し、岩の破片を相手に向けて放つ。

「無駄ですよ」

しかしこちらの攻撃は不可視の壁によって阻まれた。しかし空気の揺らぎを見た俺は、この壁の正体を掴んだ。

「『ウィンド・ヴェール』か」

無詠唱で魔法を発動。しかも魔法陣が全く見えないということは……彼女の持ち物の中に付与魔法が施されたアイテムがあると見ていいだろう。『鑑定士』の『鑑定眼』を使えば真偽は一発でわかるが、そこまでせずとも経験から判断できる。俺は状況からほぼ核心であると睨んでいる。

魔道具の中には、単純に火、水、光といった生活魔法が出せるだけの物の他、特定の魔術式を刻み、マナを通すだけで術式に該当した魔法を術式に発動することのできる物も存在する。既に式が出来上がっているため、詠唱も魔法陣の展開も不要。ただし任意にマナを注げるのは魔法を扱うことのできる者に限られ、更には非常に高価ということもあって、あまり広く普及はしていない。

しかし、こと刹那の時が勝敗を分ける達人同士の戦いにおいては、この付与魔法がほどこされた魔道具を持つか否かで勝敗に大きく差が出る。

俺は石柱の欠片たちを目くらましに、サイドステップでフレースヴェルグの真横に身を滑らせる。『ウィンド・ヴェール』の効果範囲は基本的に術者の正面のみ。横には風の防御幕は存在しない。

剣を引き絞って刺突の構えを取り、一気に突き出す。長剣としてのリーチにより俺の間合いは彼女よりはるかに広い。フレースヴェルグ目掛けて繰り出した刺突。しかしそれは彼女の振りかぶった剣によって弾かれてしまう。

フレースヴェルグの正面からでは風による幕が剣の一撃を防いでしまう。俺は常に彼女の横に位置取りをするように体を動かし、時には彼女の足元を薙ぐように剣を払う。

まるで踊るようにお互いの有利な位置取りを奪い合う剣戟。切り結ぶことすでに十以上。不意に俺の剣が大きく弾かれて仰け反ってしまう。

しかし俺は弾かれた刀身に風の魔法を乗せ、そのままの勢いで螺旋状に体を一回転。横に薙いだ銀色の一閃はまたしてもフレースヴェルグの剣技の前に防がれる。が、体格で勝る俺の腕力に押されて彼女は剣ごと吹き飛ばされた。

「くっ！」

それでも彼女は空中で一回転し、たたらを踏むことなく地面に着地する。

「――『ストーン・エッジ』！」

俺はその隙を見逃すことなく魔法を発動。出合い頭にも発動した『ストーン・エッジ』を、今度は三つの魔法陣から発射した。

「――な！」

迫る石弾は計九十以上。それでも大半は彼女の『ウィンド・ヴェール』によって散らされる。

だが、数発の石弾はその守りを突破し、フレースヴェルグに襲い掛かった。

如何に守りの『ウィンド・ヴェール』も所詮は空気の流れを利用した魔法だ。密接した気流の流れによってできた幕が物理、魔法を防いでいるにすぎない。空気である以上、そこにはかならずムラが生じ、気流の隙間、あるいは幕の形成が薄い箇所が生まれるのは必定。小さな石弾を無数に打ち込めば、いくつかは隙間を潜り抜けて彼女に到達する、というわけである。最初の時も、俺の石弾が彼女の頬を抉ったのはそのためだ。

通過した石弾も、そのほとんどは剣に弾き落とされたが、数発は彼女に命中。先の尖った石が突き刺さった。

「……この程度！」

しかしそれは決して致命傷ではない。俺は間髪入れずに次の魔法を発動した。今度は彼女を囲むように『ロック・グレイブ』を発動。地面を突き破って出現した石柱がフレースヴェルグへと迫る。

「ふっ――」

だが石柱が彼女を捉えるより早く、フレースヴェルグは地を蹴って上空に跳んだ。その姿を認めた俺は次の魔法を撃ち込む。

「『バースト・ゲイル』！」

高密度に圧縮された空気の塊が、跳躍した彼女の真上から炸裂し、そのまま地面へと叩き落した。

「がっ！」

伸びきった石柱を砕いて強かに地面に体を打ったフレースヴェルグ。しかし地面へぶつかった衝撃の大半は『ウィンド・ヴェール』で緩和されたようだ。彼女はすぐさま立ち上がって剣を握りなおす。俺は足に力を入れて一気にフレースヴェルグへ駆け寄った。

「はぁぁぁっ！」

上段から彼女の脳天目掛けて剣を振り下ろす。だがこのまま彼女の正面に一撃を入れても風の守りで防がれるだけ。そこで俺は剣に先ほどの『バースト・ゲイル』をぶち当てて威力を増強。守りの上から彼女を両断すべく軌跡のままに切っ先を落とす。

「――っ！」

『ウィンド・ヴェール』の守りはより威力の乗った俺の剣に両断された。しかしそのせいで勢いが衰えた剣撃はフレースヴェルグの剣によって受け止められてしまう。

「ぐ、ぅ……これが勇者様のお力……数多得たジョブの力をここまで使いこなすとは……このフレースヴェルグ、感服の一言でございます」

この状況で尚もそんなことをのたまうフレースヴェルグ。しかし片膝を地面に突き、体格の不利で徐々に押し込まれる剣先を前に、さすがの彼女も苦悶の表情が見て取れる。

「――なればこそ、わたしも『本気』でお相手せねばなりますまい!!」

途端。彼女から膨大な量のマナが溢れて、俺を後方に吹き飛ばした。まるで風の繭に包まれていくように、彼女の姿が見えなくなる。

しかし次の瞬間、繭の内側から硬質な金属を擦り合わせるような音が鳴り、中から幾重にも刃が折り重なった翼がその姿を現す。

そして風の繭が吹き散らされると、中から姿を見せたのは……

「なっ!?」

——灰褐色の羽毛と反射する鋭利な刃の翼を持った巨大な大鷲の姿であった。

羽ばたきと同時に金属の擦れる音が聞こえる。本来の姿に戻ったフェニックスと同様の鋭い猛禽の瞳に見下ろされ、肌がビリビリと痺れた。

『人の身に宛がうには少々行き過ぎた力かとは思いますが、貴方様を確実に殺すためにはこの姿でなくてはならないようです……お誇り下さい。わたしにこの姿を晒させたことを』

言葉が終わるなり、フレースヴェルグは上空へと一気に飛翔。大きくその翼をはためかせる。

「っ——アレス！　逃げなさい！」

不意に聞こえたフェニックスの声、俺の中で警鐘が鳴った。大きい一撃が来る、そう思った俺の体は反射的に動き、フェニックスのもとまで走ると、彼女を抱えて、足を止めることなく上空を仰ぎ見た。

『——『ブレイド・フェザー』』

フレースヴェルグの翼が太陽の光を反射し、羽ばたきを一回。すると巨大な剣状の羽が俺とフェニックス目掛けて降り注いできた。あのままフェニックスを地面に放置していたら、彼女は今頃串刺しどころかミンチであっただろう。

しかしこのまま逃げ回っていてもいつかは捉えられて末路は変わらない。焼けた大地に次々と刃が突き刺さっていく。俺は地面を蹴って刃の雨から離脱を図った。

しかし密に降り注ぐ刃を躱すのは困難を極めた。フェニックスを抱えているためなおさらだ。

「アレス！　私を下ろしてあいつと戦いなさい！」

回復魔法が効いたのか、表面上の傷は大半が塞がっている。おそらくは彼女自身の生命力が強いこともあるのだろう。それでもまだ万全とはいかない。ここで放置して降り注ぐ刃を受けでもしたら、今度こそこいつは死ぬ。

「馬鹿を言うな！　俺はお前のことをデミウルゴスから任されたんだ！　ここで死なせるわけにいくか！」

今ここでこいつを投げ出すことはデミウルゴスへの裏切りだ。あいつから任されたフェニックスの命を、簡単に捨てる真似などできるわけがない。

「いいのよ、もう……私はあの訳のわからない鳥女に完全に負かされた……そろそろ限界だとは思ってたけど、この短期間に二度も負けたのはかなり堪えたわ……」

俺の腕の中で、フェニックスは前髪で眼を隠して俯いてしまう。声にはいつもの覇気はなく、自嘲を含んで紡がれる言葉は彼女に暗い影を落としていた。

完全に自信を打ち砕かれてナーバスになっているのは明らかであった。

「私が死んだらデミウルゴス様はきっと悲しんでくれる。それはわかるわ。あの方は本当にお優しくなったから……昔と比べて……本当に」

　頭上からはいまだ尽きることのない剣の雨が降り注ぎ続ける。一度でも足を止めれば絶命必須の状況の中、フェニックスは独り言のように呟き続ける。

「数千年ぶりに、あの御方にお会いした時……本当に驚いたわ。まるで憑き物が落ちたみたいに、あの方のまとう雰囲気が変わってて……力を失ってもお顔には活力が満ちていたもの」

　不意にフェニックスは空を見上げ、そのまま視線を滑らせて俺を見上げてくる。ほんのりと寂しさを窺わせる瞳が、小さく揺れていた。

「どれだけ人間を殺しても、あの方は喜んではくれない……私たち四強魔は常にデミウルゴス様と繋がっていた……だからこそわかる。人間との戦争にあの方が心をすり減らしていってたのが。少しずつ感情が摩耗して、ほとんど人間を自動で殺戮する道具みたいになっていた……でも、そんなデミウルゴス様が、あんたの前で本当に幸せそうに笑ってた」

　ぎゅっとワンピースの胸元を掴んで、彼女は遂に瞳からじんわりと涙の雫を溢れさせた。顎を伝って滴り落ちる透明な水滴。悔しさを噛みしめるように噛んだ唇が白くなっている。

「デミウルゴス様を救いたかった。人間を絶滅させれば、あの方は笑顔を見せてくれる、そう信じてずっと人間を殺してきた。なのに、あの方に笑顔をあげたのは……私じゃなくてあんただった……デミウルゴス様が本当に欲しいものをあげたのは、私じゃなくてあんただった！」

　降り注ぐ剣が、俺のすぐ真横に突き刺さった。体勢を崩されかけるも、なんとか体に力を入れて転倒だけは防ぐ。

「私は結局あの方には何もしてあげられなかった！　役立たずなの！　たとえ死んでも悲しみなんて少しすれば癒える……でも！　あんたが死んだらデミウルゴス様も死ぬ！　傷付けば深く悲しまれる！　だから今すぐに私を捨てなさい！　それがデミウルゴス様のためなの!!」

「……い……」

「あんただって、口うるさい私がいなくなれば清々するでしょ！」

「うるさい！　少し黙ってろ!!」

「ひうっ！　な、何よ！　こっちはあんたとデミウルゴス様のことを考えて」

「余計なお世話だ！　さっきから聞いてれば好き勝手言いやがって。あいつがお前のことなんて言ってたか知ってんのか？　あいつは、お前を『家族』だって、そう言ったんだ！」

「家族……違う……違う違う！　私は道具よ！　デミウルゴス様が生み出した、人間を殺すだけの道具なの!!」

「そんなこと——」

フェニックスは大粒の涙を零して悲痛に叫んだ。すると、背後から風を切って飛来する刃の気配を感じ取り、俺は剣を握る手にマナを集めてた。体を思いっ切り一回転させて剣を横に振り抜き、間近まで迫った巨大な剣を、割り砕いた。

「あるわけない！　お前を道具だなんて、あいつは欠片も思ってねぇ！　あいつにとってお前は——」

俺の脳裏に、別れ際に聞いたデミウルゴスの言葉が浮かんでくる。

『——我の家族を助けてくれ!!』

そうだ。あいつはフェニックスを始めから道具だなんて思っちゃいない。限界までマナを消費し、フェニックスを助けるためにあいつは俺にこの剣を創造して託した。自分が使えるマナを限界まで注ぎ込んで、デミウルゴスはフェニックスのために動いたのだ。

その想いは誰にも否定など許されない！　俺にも、こいつにも！

「——お前は、かけがえのない大切な家族なんだ！　道具なんかじゃない！」

「っ……」

俺はフェニックスの体をより強く抱いた。再び俺たちを捉えた銀の刃を、俺の剣閃はもう一度砕いてみせる。降り注ぐ銀色の破片が宙を舞う中、魔法陣を正面に展開。中央に冷気が収束し、氷の槍が形作られる。

上空のフレースヴェルグは羽ばたく度に剣を地上に放つ。だが奴だって翼を折りたたみ、再び開いて羽ばたくまでにはほんのわずかな一瞬がある。ようやくそのタイミングも見えてきた。

そして今、剣を砕いた瞬間、フレースヴェルグはまさに翼をはためかせようとしている。

刹那的な余裕しかなくとも、『賢者』のジョブを持つ俺には魔法発動を極端に短くできるだけのスキルがある。

「——『アイシクル・ジャベリン』！」

『——っ!?』

氷の刃は真っ直ぐにフレースヴェルグ目掛けて飛翔する。こちらの反撃は予想外だったのか、奴の反応がわずかに遅れる。しかしフレースヴェルグは体を捻ってギリギリ魔法を回避を試みる。が、それでも槍は茶色い羽毛を掠めて宙に散らした。

『まさかここまで魔法が届くとは……末恐ろしい御方だ』

上空から称賛の言葉を送ってきたフレースヴェルグは、その翼を大きく広げて、更に空高く舞い上がった。

「なっ!?」

もはや輪郭すらあやふやになるほど上空まで飛翔したフレースヴェルグ。さすがにあそこまで飛ばれてしまえば、地上からの魔法はどれも届かない。

魔法はマナが現象を形とし成すことで発現している。術者から放たれた魔法は距離が離れていくにつれてマナが大気に散ってその形を保てなくなり、最終的には効力を失ってしまう。

先ほどの『アイシクル・ジャベリン』は、その射出速度と俺が込めたマナの量があったからこそ、上空のフレースヴェルグまで届いた。だが、さすがにあの高度は無理だ。

俺にも空を疑似的に飛ぶ手段がないわけではないが、風魔法を足場にして空中に浮くというものだ。魔法の精密なコントロールが要求される上に動きはかなり制限される。並みの魔物が相手であればなんとかなるが、今回は相手が悪い。

というかそもそもあいつは何なんだ!?　人間から魔物の姿に変わるなんて、まるで四強魔だ。

『空はわたしの世界……いかにアレス様でもこの領域に入り込むことはできますまい。さぁ、そろそろ終わりの時間です――』

上空を仰ぐ俺の目に、見るからに巨大な魔法陣が展開される。

『そこの害鳥ごと切り刻んで差し上げましょう！ ――『ディザスター・ストーム』!!』

魔法陣がひと際眩く輝いた瞬間、視界を覆うほどの巨大な竜巻が、幾重にも空から吹き荒れてきた。

俺は咄嗟にデミウルゴスの剣を地面に突き刺して、腕を前に出す。

この魔法は、俺では打ち消せない。あの暴風に触れた瞬間、体が引き千切られて吹き飛ばされる。ゆえに、俺はデミウルゴスと魂が繋がったことで使えるようになった、『魔力障壁』を発動させた。薄い膜が俺とフェニックスを包み込む。唸る暴風が障壁にぶつかる。途端、膝を折ってしまいそうなほどの衝撃に襲われた。

「ぐっ！」

鼓膜を引き裂くような風音。ぶつかる先から障壁に阻まれた風が散っていく。実に十秒以上、凶悪な暴風に晒された障壁。しかし、さすがは最強の魔神が使っていた防御魔法。あれだけの一撃を受けても破壊されることなく、耐えきることができた。風が止むと、上空のフレースヴェルグが驚愕の声をあげた。

『っ！　まさか、先の魔法を受けて無傷だと!?』

どうにか凌いだ。しかし魔法を受け止めた際の衝撃は凄まじく、障壁よりも先に俺が参っちまいそうだ。

そうなると、もう地上での攻略を悠長に考えている暇はないか。ここは多少無茶をしても空での戦いに挑むしかない。

フレースヴェルグは先の魔法が防がれたことで警戒しているのか、追撃の気配はない。今のうちに。

「フェニックス、動けるか？」

「え？　ええ」

頷く彼女に、俺はほっと安堵する。一時は瀕死の状態だったが、回復魔法がなんとか彼女の体を動かせるまでに治癒してくれたようだ。

「今から俺が空に上がってあいつの相手をする。その隙に、この場を離脱してくれ」

「は!?　ちょっと待ちなさい！　あんた飛べるの!?」

「疑似的にだ。本当に飛べるわけじゃない。それでも、なんとかしてみせるさ」

フェニックスが絶句したように口を閉ざして目を開く。さすがに無謀な試みだと呆れられたか。それでも、今ここでそれ以上に奴の相手をする手段はない。

「…………さい」

「え？」

と、俺がフェニックスを地面に下ろそうとした時、小さな呟きが聞こえた。

「すまない。今なんて」

「だ・か・ら！　私に『乗りなさい』！　あの鳥女のいるところまで、このフェニックスがあんたを運んであげるわ！」

「ちょ!?　お前正気か!?」

「ええそうよ残念ながらね！　デミウルゴス様が生きろと言うなら、私はどんなことをしてでも生き残ってやるわ！　あんたと一緒にね！　ならもうこれ以上の手はないわ。空での移動は私に任せなさい！　あんたはあいつを如何に叩きのめすかだけを考えて！」

「……行けるんだな？」

「誰に物を言ってるのよ？　私は四強魔よ！　デミウルゴス様に生み出された……──世界最強の魔物なんだから！」

力強く、先ほどまでの自嘲にまみれていた彼女ではない。どこまでも不遜に、傲慢に、相手を見下す小生意気な少女。俺は思わず吹き出しそうになるのを堪えて「ああ！」と頷いた。

「やるか！　二人で！」

「不本意だけどね！」

「おい!?」

なんて緊張感のない会話をお互いに交わしながら、俺たちは上空に留まるフレースヴェルグを見上げた。

フェニックスの体に付いていた小さな傷はほとんど塞がったが、肩に開いた穴はいまだ筋肉がむき出しで血が滲んでいる。それでも、彼女の瞳には確かな闘志が宿っていた。

大丈夫。こいつのフォローは俺がする。そしてこいつには、俺には届かない空の頂へと導いてもらう。今ここに、嫌われ勇者と災厄の魔物の共闘が始まろうとしていた。

「行くわよ！」

声を上げたフェニックスの体から、まるで火の粉のようなマナが溢れて宙を舞う。

俺たちの動きを見て異変を察したフレースヴェルグが、慌てたように翼をはためかせて刃の羽を地上に降らす。しかし炎のマナが俺とフェニックスを覆い尽くし、刃が届くことはない。

俺の腕の中にあった小さな体は光に包まれ、徐々にその姿を変じさせていく。

『この期に及んで……まだ無駄に足掻くか、害鳥！』

マナの囲いを吹き飛ばし、空が視界に入る。視線はずっと高く、手のひらに感じるのは柔らかく滑らかな羽毛の感触。

『なっ!?　アレス様……なぜ……なぜそのような害鳥の背に!!』

フェニックスはその本来の姿を示し、炎の翼を広げて蒼穹へと舞い上がる。俺は彼女の背に乗りながら、上空のフレースヴェルグを仰ぎ見た。空気を裂くように、地上があっという間に離れて景色が後方へと流れていく。

『落ちないで下さいね。そんなことで我が主ごと落命など笑えぬ冗談ですよ』

お子様的な話し方から一転、落ち着きと厳かさを持った声で、そんな冗談めかしたことを口にする。

「舐めるなよ。お前がどんな動きをしたって食らいつくさ。そっちこそ、簡単に撃ち落とされてくれるなよ」

『誰に言っているのです……私は――』

徐々に高度を上げて、フレースヴェルグに迫る俺たち。かなりの速度で接近する俺たちに、上空の敵は迎撃を図って性懲りもなく刃の雨を降らす。

『天空の覇者！　フェニックスですよ!!』

大きく旋回してフェニックスは刃から逃れる。急激な姿勢の変化に俺は自身を風の魔法で包み身を守る。そしていよいよ、フレースヴェルグの姿がはっきりと見える所まで迫った。

『害鳥――っっ!!』

フレースヴェルグが吼え、下から迫る俺たちに向かって急下降してくる。

『――『エア・スラスト』！』

『――『ファイヤー・ボール』！』

風と炎のマナがぶつかり、爆発する。人間じゃ初級として扱われる魔法が、まるで別次元の威力を発揮する。

爆風を裂いて、フレースヴェルグが猛禽の足から伸びる爪で剛撃してくる。

「――『フリーズ・ランス』！」

しかし俺は割り込むように牽制で氷魔法を放つ。『アイシクル・ジャベリン』よりも飛距離と威力に劣る魔法。だが、氷系の魔法は共通して、当たった個所を凍り付かせる特性を持つ。

『くっ！　アレス様！』

空の上で翼の動きが鈍るのは致命的だろう。それを避けるためには魔法を回避する以外の選択肢はない。フレースヴェルグは体を大きく捻って俺たちの横をすり抜けていった。

『アレス。言いたくないけど片方の翼がうまく動かないわ。長時間の戦闘は無理よ』

「問題ない。あいつの動きがほんの少しでも止まれば、勝機はある！」

俺はフェニックスに状況を打破するための作戦を伝える。彼女は『本気!?』と呆れたような口調だったが、それ以外に今は奴の意表を突く策は思いつかない。

『わかりました。その作戦、乗ってあげましょう。ただし、失敗は許しませんからね！』

「もちろんだ。確実に成功させてみせるさ。協力頼むぜ、フェニックス！」

さぁ、即席の俺たちがどこまでコンビネーションを見せられるか。いや、たとえ共同戦線が初めてであろうと、俺たちはこれまで一緒に数か月を過ごしてきたんだ。完璧でなくてもいい。今この一時、呼吸が合えば。

『参ります！　しっかりと掴まっていて下さい！　アレス！』

「おお！」

大空の戦場。フレースヴェルグとの戦いに決着を着ける！

大きく迂回してくるフレースヴェルグの姿を俺とフェニックスは捉え、一気に加速する。

速度を維持したまま、フェニックスは正面に魔法陣を展開。それは、かつて俺との戦いで見せた、大魔法の術式が刻まれた代物。

『通用しない手を何度も！　愚か者が！』

それを認めたフレースヴェルグも、正面に巨大な魔法陣を展開する。そして、お互いの魔法陣が眩く輝き、

『――『ソル・エクスプロード』!!』

『――『ディザスター・ストーム』!!』

フェニックスの正面に出現した太陽に、フレースヴェルグの暴風が炸裂。大気を震わせるほどの大爆発が巻き起こり、辺り一面が真っ白な閃光に覆われた。

そんな中で、俺はフレースヴェルグ目掛けて、思いっ切り跳躍した。

『大魔法を使っての奇襲ですか！　しかしアレス様に空での自由な移動はできますまい！　――『エア・スラスト』―』

宙に跳んだ俺目掛けて、フレースヴェルグの魔法が迫る。しかし俺は、その一撃に『魔力障壁』は発動せず、

「汝、守護の乙女よ！　『アイギス』！」

デミウルゴスから託された聖剣『アイギス』の力を使い、フレースヴェルグの発動した魔法からマナを吸収し、無効化する。しかし、その衝撃で剣にはヒビが入った。

――ありがとう、デミウルゴス！

『なっ!?』

驚愕の声を上げるフレースヴェルグ。落下する俺から距離を取ろうと斜め下に下降するが、その先には既に、

『つ！　貴様!?』

フェニックスが待ち構えていた。俺が跳躍する直前、彼女に『魔術防壁』が発動されていた

のだ。フェニックスは魔法の爆発を突っ切ってフレースヴェルグに接近。更には、ここでダメ押しの！

「――『終焉皇《デウス・マキーナ》』！」

《御意！》

『何っ⁉　――がぁ！』

フェニックスの翼の影に隠れていた『デウス』が飛び出し、フレースヴェルグに奇襲を掛ける。鋼鉄の拳がフレースヴェルグの腹部に突き刺さり、体が折れ曲がる。フレースヴェルグに跳躍しながら、俺はフェニックスの背に『デウス』を召喚しておいたのだ。

「終わりだぁぁぁっ！」

落下しながら、フレースヴェルグに剣を振り下ろす。

『くぅぅぅ！』

しかし、フレースヴェルグは強引に体を逸らし、俺の斬撃は奴の右の翼を半ばから絶つに留まった。

金属同士がぶつかり合う甲高い音が響き、フレースヴェルグの翼が両断されるのと同時に、俺の手に持った剣も砕けてしまった。

「くそっ！」

思わず毒づく。ここに来てまさか躱されるとは。だが、翼を半分失ったのであれば、こちらが断然有利になった。俺はフェニックスに拾われて、フレースヴェルグに眼を向ける。

『がっ！　アレス様……アレス様!!』

その瞳に憎悪を宿し、俺たちを睨みつけてくるフレースヴェルグ。しかし既に飛ぶこともままならない様子だ。だが……

『アレス……こちらも、そろそろ限界です……』

フェニックスも、いまだに怪我が癒えていない中で無茶をしたため、だいぶふらついていた。

『殺す……敬愛するアレス様をおかしくした魔神を！　貴様のような害鳥を！　全て殺す！』

怨嗟の声を張り上げて突っ込んで来ようとするフレースヴェルグ。俺はフェニックスの背で、迎撃のための魔法を準備する。

しかし――そこに鋭利な水弾が迫り、フレースヴェルグの体を貫いた。

『あ、がっ！』

「何だ!?」

水弾が飛んできた方に目を向ければ、そこには空を飛ぶ巨大な蛇……いや、龍の姿があった。

「――まさか、龍神か!?」

龍から絶えず高速で撃ち出される水弾。それは全てフレースヴェルグに向けられており、俺たちには一発も撃ち込まれない。

更に視界を地上に向けると、そこには見覚えのある巨人の姿と、巨大な四足獣の姿があった。

「あれはティターン……てことは、あの獣は、ベヒーモスか!?」

四強魔が揃った。更に相手は手負い。こうなればもう、フレースヴェルグに勝ち目はない。

『くっ！　この状態で、他の害獣どもをまとめて相手にするのは、荷が勝ちすぎるか……』

しかし、フレースヴェルグは四強魔が揃ったことを見て、身を翻した。逃がすか！　まだこいつには訊きたいこと、訊かねばならないことが山ほどあるんだ。

「待て！」

『また、お会いしましょう、我が導き手、アレス様……その時は、必ず、貴方様を……』

しかし、フレースヴェルグは苦しげにそれだけ言い残すと、強烈な突風が吹き荒れ、思わず目を庇ってしまう。

「――くそ」

そして次に目を開いた時には、刃の翼を持った大鷲の姿は、どこにもなかった――

※

「――フェニックス！　旦那様！」

エルフの森。世界樹の種子がある広場まで戻ると、そこにはデミウルゴスとユグドラシルが待っていた。俺に抱きかかえられたフェニックスを認めるなり、デミウルゴスは瞳に大粒の涙を湛えて駆け寄ってくる。

「デミウルゴス様……ごめんなさい。私、また、負けちゃいまし」

「よい！　そのようなことはよいのじゃ！　今は、お前が無事に帰ってきてくれただけで、我は……我は……」

手を伸ばすデミウルゴスに、俺はフェニックスをそっと託す。すると、彼女は小さな体を優しく抱きしめ、自分の胸のフェニックスの頭を寄せた。

「生きてくれているだけでよい……勝てぬと思ったなら逃げてもよいのじゃ……それを恥などとは思わぬ。勝手に逝くでない……我らを……家族を残して、勝手に死にゆくことは許さぬのじゃ……」

「っ〜〜……デミウルゴス、様……私……私は、貴方様の家族で、よいのですか？」

「無論じゃ！　誰が何と言おうと、お前は我の、かけがえのない、大切な家族なのじゃ！」

デミウルゴスの胸の中で、フェニックスの顔がくしゃりと歪む。瞳からボロボロと大粒の涙が溢れて、仕舞いには鼻水まで零して、フェニックスは嗚咽を漏らし始める。

「デミウルゴス様……うぇ……ふぇぇ〜〜〜〜〜〜ん！」

遂には、声を上げて大泣き。デミウルゴスはそんな彼女をあやすように頭を撫でる。それはまさしく、子を抱擁する母の姿であった。

「旦那様……ほんに、感謝するのじゃ……フェニックスを助けてくれて、ありがとう」

デミウルゴスからの感謝の言葉に、俺は笑みで返した。

そして、俺はそっとフェニックスに回復魔法を重ねて掛けると、その場を他のメンツと共に去った。今は、二人きりにしてやるべきだと、そう思ったから。

※

「アー君。ありがとう。あたしからもお礼を言わせてね」

「ああ。本当に、無事に帰ってこれてよかった……だが……」

俺とユグドラシル、そしてフェニックスを除いた四強魔と共に家へと入る。最後に入った龍神が扉を閉めたのを確認し、俺は全員に振り返った。

「もうわかっているとは思うが、今回襲撃してきた謎の女……フレースヴェルグは、フェニックスに深手を負わせるほどの実力の持ち主だった」

「はい……とてつもなく巨大なマナの波動を感じました。この場にいる四強魔のいずれかが相手をしたとして、果たして無事でいられたかどうか……」

「……手負いでも、強い気配、感じた……」

龍神とベヒーモスが、それぞれにフレースヴェルグに抱いた感想を口にする。

如何に全盛期に比べて弱っているとはいえ、それだけで勝てるほど四強魔は甘くない。それはつまり、単独の力で全盛期の四強魔に匹敵するレベルの何者かが現れたということ。しかも、

「奴は世界樹の種子についても知っているような口ぶりだった。ここで俺たちに合流する前に種子のことを知っていたのはティターンだが、どこかで口を滑らしたりはしてないか？」

全員の視線がティターンに向く。しかし彼女は首を横に振って否定した。

「あの頃は力の独占を考えてたからな。わざわざ邪魔者を増やすような真似はしねぇよ」

その言葉をどこまで信じられるかは少し微妙なところではあるが、今は疑っても仕方ない。

だがそうなるといよいよどこから種子の情報が漏れたのか……

「現段階ではほとんど何もわからない、か……くそ」

「あたしも、あんな子がいるなんて初めて知ったよ……一体今までどこに隠れてたんだか」

ユグドラシルでも彼女の正体がわからないのであれば、これはもうお手上げだ。正体不明の強敵。しかも彼女の口ぶりから察するに、背後に何者かの影があることは確かだ。つまり下手をすると、彼女と同等の力を持った存在が複数存在する可能性もある。

「目下のところ、個別に行動するのは避ける必要があるな。最低でも常に二人一組だ」

仮に四強魔が二人いたとしても、今回のフレースヴェルグと互角か苦戦を強いられることになるだろう。いざという時のための連絡役として誰か一人が動ける体制にしておくのも重要だ。

今回は本当にギリギリだった。運が良かったとしか言いようない。もし俺が少しでも遅れていたら、フェニックスはどうなっていたかわからないのだ。

「お前たちとしては不本意だと思うが、お互いに生き残るためには打てる策はとことん打っておくべきだ。もし敵が複数だった場合、この場にいる誰が欠けてもこっちは圧倒的な劣勢に立たされる。各自、しばらくは警戒を怠ることのないようにしてくれ」

「それと、もしもあたし自身が狙われるなら、世界樹の成長を急ぐ必要があるかも」

「うん？　それはどういうことだ？」

「世界樹が大樹に向けて成長すればするほど、あたし自身の世界に対する干渉力も強くなるの。そうすれば、事前に敵の位置を把握したり、結界を張ってある程度はあたし自身も防衛できる。それに皆のフォローにも回れるよ。ほら、さっきアー君たちに連絡を入れたみたいな」

「なるほど」

確かに、あの連絡がなければ危なかった。世界樹が育っていけば、ああいったサポートが受けられ、かつ世界樹が自らを守ることもできるようになる。もし敵の攻撃にあって全員が世界樹から離れてしまった場合、時間稼ぎをしてもらう意味でも自己防衛能力は欲しいところだ。

「つまり、今後はより一層世界樹の育成に力を入れていく必要があるわけだな」

「そういうことだね。先のことを考えたら、少し急いだ方がいいかも」

となると、これはもう本気でこの森に籠っている場合ではなくなった。シドの町から始まって、広域で魔物を狩ってアニマクリスタルを回収する。かつ、謎の襲撃者にも警戒しなくてはならない。頭の痛い問題が増えてしまったが、嘆いている時間はない。

それに……あのフレースヴェルグの不可思議な態度。

俺を「様」付けで呼んだかと思えば、殺そうとしてきたりと、言動に一貫性を見出すことができない。世界樹を狙っているような口ぶりも見て取れたが、俺のことを捜しているようなことも口にしていたような気がする。結局はっきりとした目的がわからない気味の悪さが体中を這い回る。

だが、これだけはわかっている。もしも俺の命を狙う誰かがいたのだとすれば、その時は一切の容赦をしてはならないということ……俺の命は、もう一人のものではない。俺の死は愛する妻の死をも招くのだ。そのことを忘れてはならない。

しかしまずは、今日の疲れを癒し、フェニックスの回復に俺は尽力することだろう。動くにしても、まずは万全の状態を整える必要があるのだから——

???　とある教会にて

理路整然と、等間隔で左右に並んだ長椅子たち。月光が差し込むステンドグラスの下には祭壇。アーチ状の天井には、天使と聖母の絵画が見て取れる。ここは王都の郊外に建設された教会であり、親を亡くして行き場を失った子供たちを受け入れる孤児院でもある。

「ぐっ……！」

闇夜が支配する教会の中で、片腕の肘から先が欠損した女性が一人、夥しい血を流して身廊を祭壇に向かって足を引き摺っていた。

「――ヴェル……失敗したのですね」

祭壇の上から、修道服を纏った女性が、大海を思わせる青い瞳で手負いのフレースヴェルグを見下ろしていた。ベールの隙間から覗く金糸のような髪が月光に照らされて僅かに揺れる。

「申し訳、ありません……主よ……」

額から脂汗を流して、激痛に耐えて膝を突くフレースヴェルグ。

主と呼ばれた女性は、そんな彼女を静かに見つめていた。

「――情けないね、ヴェル。主に使える聖獣がなんて様だ。それでアタシの同胞とは情けない」

するとそこに、祭壇の女性とも、フレースヴェルグとも違う声質を持った、第三の人物が悪態と共に現れた。

「……【ニーズ】、貴様……」

「あら、ニーズ。こんばんは」

ニーズと呼ばれた女性は、祭壇の女性に恭しく頭を垂れる。闇を溶かしたかのような濃い紫の髪を無造作に伸ばし、長い前髪の奥から覗く瞳は赤銅のような色をしていた。非常に起伏に富んだ女性らしい体付き。まるで『蛇』のように絡みつく視線をフレースヴェルグに向けると、ニーズはゆっくりと近づいた。

「しかし本当に惨めな姿にされたねぇ……如何に勇者様を相手にしてきたとはいえ、やられすぎなんじゃないかい？」

上から揶揄するように言葉を浴びせるニーズ。しかしフレースヴェルグが眉を寄せるも売り言葉に買い言葉では応じなかった。代わりに、痛みを堪えた自嘲を口にする。

「……言い訳は、すまい。この身の未熟は、痛いほどに痛感した。もしも、罰があるならば、甘んじて受けよう」

そんな潔いフレースヴェルグの態度が面白くなかったのか、ニーズは小さく舌打ちをして適当な椅子に腰かけた。と、不意に祭壇の女性がフレースヴェルグに問い掛けた。

「ヴェル……アレスは、どうでしたか？」

「はい……どうやら、ひどく魔神の魂に、精神を汚染されている、様子でした……あれは、一刻も早く、解放して差し上げなくては、ならないでしょう」

「そうですか……ああ、やはり心が苦しくなりますね……」

「申し訳、ございません」と、フレースヴェルグはより深く頭を下げた。

「致し方ありません。今回の失敗は次の教訓といたしましょう。それはそうと……痛かったでしょう？　今、その傷を治してあげますからね」

祭壇から降りた修道服姿の女性は、フレースヴェルグの前に膝を突き、次いでニーズへと視線を向けた。ニーズはすくっと立ち上がり、姿勢を正す。

「ニーズ。あなたにお願いがあるの。いいかしら？」

「なんなりと……それで、この【ニーズヘッグ】はいかがすればいいのでしょうか、主よ？」

「ふふ、ありがとう。それじゃ……」

祭壇の女性がひと通りこれからの動きに関しての指図を終えると、

「かしこまりました。我らの主よ。必ずやご期待に沿える働きをして御覧に入れましょう」

「はい。行ってらっしゃい」

その言葉を最後に、ニーズは闇に溶けるように姿を消し、教会はしばし静寂に包まれた。

と、祭壇の女性はゆっくりとフレースヴェルグのもとに歩み寄る。

「主よ、どうか、この身に、罰を……」

「いいのですよ、ヴェル。失敗は誰にでもあります。必要なのは次に生かすこと。あなたが自ら反省しているなら、罰など必要ありません。それより、傷の手当てをしなくては」

修道服姿の女性から掛けられた慈悲に、ヴェルの瞳に涙が滲む。感動か、悔しさか、はたまた両方か……しかしヴェルはそれ以上、体を支えることはできず、その場に崩れ落ちる。眼前の女性はそれをすんでのところで受け止めた。血で衣服が汚れるのも厭わず、意識を失ったヴェルの頭を膝に乗せると、その髪をそっと撫で始めた。

「お疲れ様……今はゆっくりと、お休みなさい」

慈しむようにヴェルを見下ろす修道服の女性。しかし不意にその表情が歪み、彼女は頭上を仰ぎ見た。

「ああ、アレス……愛しいワタクシの勇者様……もう少しだけ待っていて下さい。すぐに、忌々しいデミウルゴスの呪縛から、その魂を解放してあげますから……」

五章　英雄は死せず

「何だ、これは……!?」

リーンガルド、シド近隣の街道にて。

一ヶ月ほど前に王都を出立した、騎士団の先行調査隊。人数は五人と少ない。

メンバーは鎧をまとった男性騎士が二人に、女性騎士が二人。そして、荷を積んだ馬車に乗った、ローブを目深に被る小柄な人物が一人。

彼らは、王都騎士団長であるマルティーナからの命を受け、ここ、リーンガルドを訪れていた。

目的はこの地域で消息が途絶えた幻獣の調査、および、町周辺の現状確認である。

数ヶ月前、グレイブ荒野と、東方の小国であるカムイ国で、三体の幻獣が目撃された。しかも三体をそれぞれに追跡したところ、いずれもこの地で姿を消し、行方を眩ませるという、耳を疑うような事態が発生したというのだ。

そもそもここ数十年、長らく目撃されることすらなかった幻獣が、一度に三体も姿を現すなど、かなりの異常事態だ。そこで、王都とカムイ国は幻獣の行方を調査するための合同チームが組まれることになった。

だが、いきなりカムイ国に国境を跨がせるわけにもいかない。国同士が合同で何かやるということは、まずは話し合いなど含めて、各書面でのやりとりなど……面倒な手続きが多い。要するに、合同で調査をしましょう、と言ってすぐに実行に移せるわけではないということだ。だが、その間に幻獣たちが動き出さないとも限らないし、地元の町が今はどうなっているのかなど、現地の状況を先んじて調べておく必要はある。

そこで派遣されたのが、四人の騎士ともう一人の人物、というわけである。

しかし……五人は街道を利用し、リーンガルドの田舎町、シドに向かっていたのだが、その道中に奇妙なものを発見する。

それは、氷に覆われた大地に、氷付けになった無数のゴーレムたちであった。

基本的には単独で行動し群れることが少ないゴーレムが、一箇所に密集し、それが氷の彫像と化している光景は、かなり不気味である。

すると、不意に一人の男性騎士が、氷の大地に近付こうとした。だが、それを止める声が発せられる。

「……ま、待って下さい。今、あの場所に近づくのは危険です」

キーの高い幼い声。

しかし、騎士はその声に従って動きを止める。

すると、女性騎士の一人、レイア・フレイバーがフードの人物に顔を向け、問いを投げた。

「【ソフィア様】。危険、とはどういうことでしょうか？　あれは一体なんなのですか？」

夕焼けのような茜色の長髪が靡き、青玉《サファイア》のような瞳の、まだ熟しきっていないあどけなさを残した、今年で十八歳になる少女。彼女はマルティーナの側近であり、今回の先行調査を任されたメンバーの代表……つまりは、隊長である。

レイアからの問い掛けに、小柄な人物はフードを取った。

その下から現れたのは、縦中央の真ん中できっちりと白と黒に分かれた髪を持ち、伸びすぎた前髪で瞳が隠れた少女であった。

彼女の名は、ソフィア・アーク。

二年前、この世界を救ったとされる元勇者パーティーの一人にして、賢者のジョブを持つ魔法のエキスパートである。現在は王都の魔道図書館の司書長を任されている。小柄で、一見すると幼女にすら見えてしまいそうな彼女だが、これでも二十歳を迎えた淑女である。

「……あ、あれはたぶん、設置型の大魔法『ゼロ・フィールド』です。あの空間に入った生物は、問答無用で氷付けにされてしまいます。で、ですから、近づかない方がいいです」

「ゼロ・フィールド……確か、大群用の設置魔法、でしたか？」

「……そ、そうです。主にスタンピードなどが発生した際に、侵攻を阻止したりする目的で使われます。た、ただ、魔法陣の設置にかなりのマナを消費しますので、複数人で準備をしなければいけないのがネックですね」

「なるほど……ちなみになのですが、ソフィア様でしたら個人で設置できますか？　あれを」

「……あ、はい。一応は、できますよ」

「そ、そうですか……」

さすがは、世界の脅威であるデミウルゴスを倒した御仁の一人、規格外だな……などと、心の中で畏敬の念を抱くレイア。彼女は視線を氷の大地に移動させ、その異常な光景を観察する。

「しかし、何故このような場所にこれだけのゴーレムが……王都や冒険者ギルドの記録にも、ゴーレムが群れをなした記録はほとんどなかったと思うのだが……」

「げ、厳密には、過去に四回ほど、あります……で、でも、そのいずれの記録にも、自然発生したという記述はなく、『ある存在』の関与が報告されています」

「ある存在、ですか？」

「は、はい」と、ソフィアは首を縦に振り、ついで紡がれた彼女の言葉に、レイアを含めた騎士たちはその身に緊張を走らせた。

「こ、この世界で、デミウルゴスについで最悪の存在……神の巨人の異名を持つ幻獣……ティターンです」

「「「っ!?」」」

「こ、これは、本格的に、この周囲を詳しく調査する必要がありそうです。こ、ここからしばらく歩いたところに、シドの町も見えてくるはずですから、町の人たちからも情報を集めましょう……と、思うのですが。ど、どうですか、隊長さん？」

ソフィアは隊長であるレイアに意見を述べる。するとレイアはすぐに首肯し、ソフィアの提案を受け入れた。

「はい。ソフィア様がそうおっしゃるのであれば、是非もありません。では、町の聞き込みと、この場周辺の調査とで、隊を分けます。私と【キリハ】は町で聞き込みを、【ジェーン】と【テオ】はここ以外に異常が起きたエリアがないかを調べさせます」

「で、ではわたしは、このゼロ・フィールドを調べます。あと、魔法陣を消して、魔法も消滅させておかないと、いけないですから」

「ソフィア様がお一人で、ですか？　なんでしたら、キリハを町に行かせ、私はソフィア様の護衛を……」

「い、いえ。この魔法は近づくだけで危険ですし、行動するならわたしだけでの方がいいです。あ！　べ、別にレイアちゃんを邪魔だって言ったわけじゃなくてね！」

「いえ、大丈夫ですよ。ソフィア様が非常にお優しい方であることは承知しておりますから。ですが、そうですね。賢者であるソフィア様であれば、お一人でも大丈夫でしょう。ですが、何かありましたら、これをお使い下さい」

　そういって、レイアは腰に下げたポーチから一つの石を取り出す。

「私の位置情報を追跡した『転移石』です。いざというときはこれを使って私のもとまで来て下さい」

「わ、わかりました。お気遣い、感謝します」

「いえ。では皆！　話は聞いていたと思う。調査は日没までだ。ジェーンとテオは早めに調査を切り上げ、シドの町へ合流するように。集合は町の衛兵詰め所とする。では早速行動を開始しろ！」

「「「はっ！」」」

レイアの指示を受けて、男性騎士二人が走り去っていく。

その場に残ったレイアとキリハという女性騎士も、シドの町へと再び進路を取る。

「それではソフィア様、我々は先にシドの町へ向かいます。馬車はそのままにしておきますので、調査が終わり次第、ジェーンとテオの両名と共に、町で合流をお願いします」

「は、はい。それじゃレイアちゃん、キリハちゃん。気をつけていってらっしゃい」

「「はっ！」」

姿勢を正し、敬礼をするなり二人の女性騎士は、町へ向かって歩き始めた。

⁜

わたしは騎士さんたちを見送ってから、すぐにゼロ・フィールドで氷付けになった大地の調査を始める。

ただ、このままだとわたしも氷付けになっちゃう……

ゼロ・フィールドの内側に漂うマナは、吸い込んでしまうと体を凍らされてしまうのだ。

だから、

「囲え……『イグニス・キューブ』」

わたしは自分の周囲に、箱型の結界を展開させた。結界の外側では炎が揺らめき、わたしが立っている周辺の地面が燃えて黒く変色していく。

本来の用途は、相手を中に囲い込んで焼き殺すものだ。普通は結界内部にも炎が出ている。

しかし、マナを操作して内部の炎を消してしまえば、外側だけが燃える防御魔法に変化させることができる。

ただ、それなりにコツがいるので、魔法経験者にもあまりおススメはしない。下手をすると自分の身を危険に晒すことになるから。

それでも、物理的に殴ってくる相手に火傷を負わせたり、自身の身を守ることができる攻防一体の万能盾になるので、わたしはそれなりに重宝したりしているのだが。

まぁ、そんなことはさておき。これならゼロ・フィールド内でも活動できる。体を凍らせるマナも、炎のマナに触れれば、お互いの相性で相殺されてしまうので、私が氷付けになる心配はない。

「え〜と、ゴーレムの活動は……止まってる。こ、これなら、ゼロ・フィールドを消しても問題なさそうかな」

ゴーレムは冒険者ギルドで危険度B級に指定されている魔物である。

並みの冒険者や騎士の攻撃程度なら弾いてしまうので、実力のない者であれば、一体を相手にするのも危険な存在だ。そして、さすがに私でも、この数のゴーレムを相手にするのは難しい。正直、全滅しててくれたのは助かった。

それにしても、

「でも、一体誰がこんな大掛かりな魔法を……それにこんな大量のゴーレム、いったい何処から……」

そう。問題はそこだ。この魔法は大群用と呼ばれる規模の大きなものだ。おいそれと発動できるものではない。もし、発動できるとしたら、わたしのような賢者か、大魔道士でもなければ個人での発動などまず無理だ。もしくは、この魔法を一人で発動できるとすれば、それは勇者くらいであろう。

……でも、勇者はもう、この世界にはいない。

新しい勇者が出現したという噂や、報告は聞いたこともないし、この魔法を発動したのは、少なくとも勇者ということはあるまい。ならば大魔道士？　ううん。違うと思う。

わたしが知る限り、ゼロ・フィールドの魔法を発動できる人物なんて、勇者とわたしを除けば一人しかいない。しかし『彼女』は王都の研究室に篭り切りで、ろくに外へ出てこないと聞く。

となれば……

「冒険者ギルド、かな……？」

おそらく、このゴーレムの侵攻を予測していたシドの冒険者たちが、複数人で仕掛けた、というのが、可能性としては一番高いだろう。まぁ、それならそれでいい。

ここに魔法を放置していたことに関しては、厳重に注意することになるけど、まぁその程度だ。町からも距離は離れているし、見たところゴーレム以外に被害を受けた生物の姿もない。

つまり、人的な被害はなかったということ。それでも……

「こんな危険な魔法を放置するなんて、おざなり。お説教確定」

そしてもう一つの疑問。

そもそもここのゴーレムたちは、一体何処から出現したのだろうか？　わたしが騎士さんたちに言ったように、本当にティターンが彼らを出現させた？　もし、そうなのだとしたら……

「や、やっぱり、無理を言って調査に同行させてもらって、正解だったかもしれない」

かつての仲間であるマルティーナさんとトウカさんから、この地域に幻獣三体が集結したかもしれないという情報を貰ったわたしは、先行調査に向かう騎士たちに同行させてほしいと願い出た。

わたしは賢者だ。知識欲に従ってこれまで生きてきたおかげか、それなりの知識量はあると自負している。まぁ、日がな一日、ずっと本とばっかり向き合っていた、根暗な過去を過ごした結果ではあるのだが。

それでも、今回のような調査においては、それなりに役に立つだろう。

ただ、そもそも幻獣に関する記述は数が少なく、情報がとにかく少ないのだ。ゆえに、今回の調査は難航するのではないかと、わたしは思っている。特に、知識も何もない人たちだけで調査しても、結果が得られるかは怪しい。だからこそ、わたしは司書長の仕事から抜け出して、この地を訪れて調査に参加することにしたのだ。

「え〜と、魔法の基盤はどこに……」

わたしは結界の中心にあるはずの魔法陣を探す。しばらく歩くとすぐに見つかった。わたしは足を止めて観察。

――すると、

「え……？」

わたしは思いがけず目を見開き、まじまじと魔法陣を凝視した。青く光るそれから溢れるマナを注意深く感じ取る。

「うそ……何、これ……？」

マナには性質というものがあり、個人ごとにマナに違いが出るものなのだ。特にわたしのような『賢者』といった、魔法を主に使うことが前提のジョブ持ちたちは、このマナの性質というものに敏感である。マナを感じ取れば、それが――知人のものであればだが――誰のものであるかを知ることができる。

そして、わたしが魔法陣から感じ取ったマナは、ひどく覚えのあるもので……

「――ア、【アレス】、さん……？」

その名を呟いた瞬間、わたしの目から一筋の雫が顎に向かって落ちた。このマナの気配は、間違えようもない。

二年前、わたしとマルティーナさん、トウカさんたちと一緒に旅をした、彼の……

「な、何で!?　何でここに、アレスさんのマナが……!?」

わたしはパニックに陥りそうになった。

しかし結界が揺らいだのを感じ取り、慌てて意識を落ち着ける。それでも、目の前に死んだはずの人間のマナが存在していることに、わたしの動揺は増す一方であった。

「――もしかして……もしかしてアレスさんは、生きて……～～～～～っ！」

その瞬間、わたしは自分の胸をぎゅっと掴んで、その場に膝を突いてしまった。

途端、イグニス・キューブの結界に綻びが出る。

しかしわたしは、目の前の魔法陣を、地面から『土ごと』削り取り、ゼロ・フィールドを停止させた。魔法陣同士の干渉が切れたことにより、氷に覆われた大地はそのままに、空気中を漂う氷結のマナの流出が収まる。本来なら、魔法陣に刻まれた文字式を、手で払うなりして形を崩してしまえば、それだけで魔法を止めることはできたのだが。

わたしには、この魔法陣に手を加えて、形を壊すことなどできなかった。

「ああ……アレスさん……！」

魔法陣からは、微弱ながら、彼のマナをいまだ感じ取ることはできる。

「生きてる……アレスさんは、生きてます……っ！」

確信めいたものを感じて、わたしは地面から切り離した魔法陣を見つめる。トクトクと、心臓の鼓動が自分でもわかるくらいに、高鳴っている。ポロポロと涙が溢れて、顔はもうぐちゃぐちゃだ。

「さ、捜さなきゃ……アレスさんを……！　そ、それと、マルティーナさんとトウカさんに、このことを……！」

わたしは魔法陣を異空間収納に大事に収めると、イグニス・キューブが消えて、視界がクリアになる。

わたしはすぐ『異空間収納』から紙とペンを取り出し、マルティーナさんとトウカさん宛に手紙をしたためる。机もない場所で急ぎ書いた手紙であるため、字は汚く、文章の形式もちぐはぐだ。それでもこちらが伝えたい内容は相手に通じるはず。わたしは使い魔を召喚して手紙を括り付けると、空へと放った。

その後、わたしはここに来た本来の目的も忘れて、先ほど感じ取ったマナの残滓を探して、平原を歩き回った。どこまでも、どこまでも……

しかし日が暮れて、騎士団の人たちと合流しなければならない時刻になってしまった。

わたしは後ろ髪を引かれる思いを抱きながらも、もしかしたら町でアレスさんの情報を探れるかもしれないという期待を胸に秘め、馬車に戻る。

すると、すでに男性騎士二人、ジェーンさんとテオさんがわたしを待っていた。

わたしはすぐに馬車に乗り込み、彼らとシドの町を目指す。

彼が生きているかもしれない痕跡が、そこにあることを願って——

《了》

あとがき

どうも、お久しぶりでございます。作家の「らいと」です。

「嫌われ勇者」第二巻！　正直に申しまして作者は一巻が発売された時点で、続刊が出るとは全く思っておりませんでした（割とマジで）。

それがこうして続きを出すに至ることができたのも、全て読者様のおかげです。

いやはや、まさか本編のメインヒロインが全員集合するところを拝めるなんて（感無量）。全ては私の脳内だけで完結するんだろうなぁ、なんて思っていた過去の私よ、安心したまえ、しっかりとメインの女の子たちは可愛く美しくエッチかったぞ。希望を捨てるな。いずれお前も拝めるはずさ。

とまぁ届くはずもない過去の私へのエールはさておいて、かみやまねき様、今回も素晴らしいイラストを本当にありがとうございます！

世界樹の精霊「ユグドラシル」に、四強魔の「龍神」と「ベヒーモス」たちをデザインしていただき、主人公の周りはとても賑やかに、そしてかなり華やかになりましたね。読者の皆様はお気に入りの子などいましたでしょうか？　作者は「ベヒーモス」がけっこうお気に入りだったりします。けもみみは最高ですよね？　そしてさらには「アリーチェ王女」も本編に登場し、今後彼女がどのように主人公たちと関わっていくのか、その動向も気にしていただけると嬉しいです。

　さてさて、そんなわけでだいぶ騒がしくなりました今回のお話ではございますが、ｗｅｂ版からお付き合いいただいている方はお気づきになったと思いますが……

　そうです！　実は今回かなり内容を加筆・修正しております！

　既存の読者の方はもちろん、ｗｅｂ版をお読みいただいた既存の読者様にも、今回のお話は新鮮に映ったのではないでしょうか？　もし少しでも面白いと思っていただける内容に仕上がっていれば幸いです。

　ふむ、もうちょっと書くスペースがありそうなので、ちょっとだけ創作秘話なんかを……

　実は本編に登場したユグドラシルなのですが、最初はかなりお淑やかなキャラになる予定だったんです。それがなぜ、あんな元気娘で腹に一物抱えたようなキャラになってしまったのかと言いますと……「龍神」とキャラがめっさ被るからですよ！

　そういえばツンツ娘はいても元気っ娘はいなかったなぁ、と思い至った結果、今の自由奔放なユグドラシルというキャラが生まれたわけでございます。

　ですが、そのおかげでデミウルゴスとの掛け合いなどが生まれ、作者的にはこちらでよかったのだと今は思います。

　それにしても、今回の締めは次回への引きという形で終わりましたが、続きは果たして出るんでしょうか？　しかしそれは、神のみぞ知る、というヤツです。

　それでは、もし次がありましたら、その時にまたお会い致しましょう、では！

らいと

BRAVENOVEL
ブレイブ文庫

嫌われ勇者を演じた俺は、なぜかラスボスに好かれて一緒に生活してます！2

2020年7月28日　初版第一刷発行

著　者　　らいと

発行人　　長谷川　洋

発行・発売　株式会社一二三書房
〒101-0003 東京都千代田区一ツ橋2-4-3
光文恒産ビル
03-3265-1881

印刷所　　中央精版印刷株式会社

■作品の感想、ファンレターをお待ちしております。

■本書の不良・交換については、電話またはメールにてご連絡ください。
一二三書房　カスタマー担当　Tel.03-3265-1881
(営業時間：土日祝日・年末年始を除く、10：00～17：00)
メールアドレス：store@hifumi.co.jp

■古書店で本書を購入されている場合はお取替えできません。

■価格はカバーに表示されています。

■本書は小説投稿サイト「小説家になろう」（http：//syosetu.com/）に掲載された作品を加筆修正し書籍化したものです。

ISBN 978-4-89199-646-8